C000160284

Table de Matières

Jules Renard

La Lanterne sourde

Coquecigrues

Jules Renard

La Lanterne sourde

Coquecigrues

ISBN : 978-3-96787-640-6

10 9 8 7 6 5 4 3 2 1

HOMUNCULES

LA TÊTE BRANLANTE

À Paul Margueritte.

I

Le vieil homme s'efforça de regarder ses souliers cirés et les plis que formait, aux genoux, son pantalon clair trop longtemps laissé dans l'armoire. Il réunit les mollets, se tint moins courbe, donna, son gilet bien tiré, une chiquenaude à sa cravate folle, et dit tout haut :

— Je crois que je suis prêt à recevoir nos soldats français !

Sa blanche tête tremblante remua plus rapidement que de coutume, avec une sorte de joie. Il zézayait, disait : « Ze crois, ze veux, » comme si, à cause de l'agitation de sa tête, il n'avait plus le temps de toucher aux mots que du bout de la langue, de l'extrême pointe.

— Ne vas-tu pas à la pêche ? lui dit sa femme.

— Je veux être là quand ils arriveront.

— Tu seras de retour !

— Oh ! si je les manquais !

Il ne voulait pas les manquer. Écartant sans cesse les battants de la fenêtre qui n'était jamais assez ouverte, il tentait de fixer, sur la grande route, le point le plus rapproché de l'horizon. Il eût dit aux maisons mal alignées :

— Ôtez-vous ; vous me gênez.

Sa tête faisait le geste du tic tac des pendules. Elle étonnait d'abord par cette mobilité continue. Volontiers on l'aurait calmée, en posant le bout du doigt, par amusement, sur le front. Puis, à la longue, si elle n'inspirait aucune pitié, elle agaçait. Elle était à briser d'un coup de poing violent.

Le vieil homme inoffensif souriait au régiment attendu. Parfois il répétait à sa femme :

— Nous logerons sans doute une dizaine de soldats. Prépare une soupe à la crème pour vingt. Ils mangeront bien double.

— Mais, répondait sa femme prudente, j'ai encore un reste de haricots rouges.

— Je te dis de leur préparer une soupe à la crème pour vingt, et tu leur prêteras nos cuillers de ruolz, tu m'entends, non celles d'étain.

Il avait encore eu la prévenance de disposer toutes ses lignes contre le mur. Le crin renouvelé, l'hameçon neuf, elles attendaient les amateurs, auxquels il n'aurait plus qu'à indiquer les bons endroits.

II

On ne lui donna pas de soldats.

Parce qu'il pêchait les plus gros poissons du pays, il attribua cette offense à la jalousie du maire, pêcheur également passionné. À dire vrai, celui-ci, d'une charité délicate, l'avait noté comme infirme.

Le vieil homme erra, désolé, parmi la troupe. La timidité seule l'empêchait de faire des invitations hospitalières. On suivait avec curiosité sa tête obstinément négative. Il les aimait, ces soldats, non comme guerriers, mais comme pauvres gens, et, devant les marmites où cuisait leur soupe, il semblait dire, par ses multiples et vifs tête-à-droite, tête-à-gauche :

— C'est pas ça, c'est pas ça, c'est pas ça.

Il écouta la musique, s'emplit le cœur de nobles sentiments, et revint à la maison.

Comme il passait près de son jardin, il aperçut deux soldats en train d'y laver leur linge. Ils avaient dû, pour arriver jusqu'au ruisseau, trouer la palissade, se glisser entre deux échalas disjoints. En outre, ils s'étaient bourré les poches de pommes tombées et de pommes qui allaient tomber.

— À la bonne heure, se dit le vieil homme, ceux-là sont gentils de venir chez moi !

Il ouvrit la barrière et s'avança à petits pas comme quelqu'un qui porte un bol de lait.

L'un des soldats dressa la tête et dit :

— Un vieux ! Il n'a pas l'air content. Quoi ? Qu'est-ce qu'il raconte ? entends-tu, toi ?

— Non, dit l'autre.

Ils écoutèrent, indécis. Le vent ne leur apportait aucun son. En effet, le vieillard ne parlait pas. Il continuait de s'attendrir, et, marchant doucement vers eux, pensait :

— Bien ! mes enfants ! Tout ce qui est ici vous appartient. Vous serez surpris, quand je vous prouverai, filet en main, qu'il y a dans ce ruisseau, au pied de ce grand saule âgé de six ans à peine, des brochets comme ma cuisse. Je les y ai mis moi-même. Nous en ferons cuire un. Mais laissez donc votre linge, ma femme vous le lavera.

Ainsi pensait le vieil homme, mais sa tête oscillante le trahissait, effarouchait, et les soldats, déjà inquiets, sachant à fond leur civil, comprirent :

— Allez-y, mes gaillards, ne vous gênez pas, je vous pince, attendez un peu !

— Il approche toujours, dit l'un d'eux. Ça va se gâter !

— Il portera plainte, dit l'autre, on lui a crevé sa clôture. Le colonel ne badine pas ; c'est de filer.

— Bon, bon, vieux : ! assez dodeliné, tu ne nous fais pas peur, on s'en va.

Brusquement, ils ramassèrent leur linge mouillé et se sauvèrent, avec des bousculades, en maraudeurs.

— As-tu le savon ? dit l'un.

L'autre répondit :

— Non !

s'arrêta un instant, près de retourner, et comme le vieux arrivait au ruisseau, repartit avec un :

— Flûte pour le savon ! il n'est pas matriculé !

Ils se précipitèrent hors du jardin.

— Qu'est-ce qu'ils ont donc ? se demanda le vieil homme.

Le branle de sa tête s'accéléra. Il tendit les bras et cela parut encore une menace, voulut courir, rappeler les deux soldats.

Mais de sa bouche, comme un grain s'échapperait d'un van à l'allure immodérée, un pauvre petit cri tomba, sans force, tout au bord des lèvres.

L'ORAGE

À W.-G.-C. Byvanck.

Vers minuit, par la croisée sans volets, et par toutes ses fentes, la maison au toit de paille s'emplit et se vide d'éclairs.

La vieille se lève, allume la lampe à pétrole, décroche le Christ et le donne aux deux petits, afin que, couché entre eux, il les préserve.

Le vieux continue apparemment de dormir, mais sa main froisse l'édredon.

La vieille allume aussi une lanterne, pour être prête, s'il fallait courir à l'écurie des vaches.

Ensuite elle s'assied, le chapelet aux doigts, et multiplie les signes de croix, comme si elle s'ôtait des toiles d'araignées du visage.

Des histoires de foudre lui reviennent, mettent sa mémoire en feu. À chaque éclat de tonnerre, elle pense :

— Cette fois, c'est sur le château !

— Oh ! cette fois-là, par exemple, c'est sur le noyer d'en face !

Quand elle ose regarder dans les ténèbres, du côté du pré, un vague troupeau de bœufs immobilisés blanchoie irrégulièrement aux flammes aveuglantes.

Soudain un calme. Plus d'éclairs. Le reste de l'orage, inutile, se tait, car là-haut, juste au-dessus de la cheminée, c'est sûr, le grand coup se prépare.

Et la vieille qui renifle déjà, le dos courbé, l'odeur du soufre, le vieux raidi dans ses draps, les petits collés, serrant à pleins poings le Christ, tous attendent que ça tombe !

LE BON ARTILLEUR

À Alphonse Allais.

Samedi soir encore grand'mère Licoche donnait elle-même à manger aux poules. Cependant la voilà morte, bien qu'elle eût pour cent ans de vie, à l'âge de quatre-vingt-quatre ans. Tout le monde y passe. Un peu plus tôt, un peu plus tard ! On l'enterre ce matin.

Le cortège se forme. M. le curé et les deux enfants de chœur sont en tête. Les quatre porteurs n'ont qu'à se baisser pour prendre le cercueil, et derrière eux se place le petit-fils de grand'mère Licoche, l'artilleur, accouru en permission. Il ne pleure pas. C'est un homme et c'est un soldat. Jugulaire au menton, grand et droit, il domine du shako le reste des parents qui se rangent autour de lui, à distance. Brusquement il tire son sabre, et comme si le cortège attendait son signal, on s'ébranle. Les blouses raides coudoient les vestes courtes. Les franges des châles noirs tremblent. Les bonnets blancs ondulent. Le vent rebrousse les longs poils d'un chapeau dont la forme jadis haute, trop longtemps serrée entre deux rayons d'armoire, s'est comme accroupie. Mais l'aigrette rouge de l'artilleur rallie tous les yeux.

Parfois les porteurs déposent doucement à terre grand'mère Licoche. Non que la défunte soit vraiment lourde : elle vécut de peu, partagea son bien avec ses poules qu'elle retrouvera, exemptes à jamais de pépie, dans un paradis réservé aux bêtes à bon Dieu, et elle mourut décharnée. Mais elle pèse parce qu'elle est morte. Les porteurs profitent de l'arrêt, se retournent et regardent, en soufflant, l'artilleur.

Son uniforme sombre et son sabre qui doit couper impressionnent.

Les vieilles gens même de la queue n'osent pas échanger leurs réflexions.

À l'église, le petit-fils de grand'mère Licoche reste près d'elle, de garde, face à l'autel, sentinelle funèbre, l'œil toujours sec, le sabre au défaut de l'épaule.

Mais au bord de la fosse, dès qu'avec des cordes les porteurs ont descendu la bière, il s'anime. On le voit écarter les jambes, lever ses basanes comme des sacs, et frapper du pied en cadence le sol du cimetière.

Les assistants se demandent :

— Qu'est-ce qu'il a ? Est-il fou ?

Ceux qui déjà se lamentaient se contiennent. On devine qu'il simule une manœuvre à cheval. Les coudes au corps, sa main libre étreignant des guides imaginaires, il s'élance, charge sur place. La terre fraîche s'éboule sous ses pas. Une grosse motte tombe, heurte le cercueil, et ce choc sourd résonne dans toutes les poitrines comme un coup de canon lointain.

— Aga, aga donc ! disent les deux enfants de chœur, il joue à la bataille.

L'artilleur donne du sabre à gauche ; il en donne à droite. Tantôt il écharpe, tantôt il pique en avant. Ensuite il exécute des moulinets terribles qui font papilloter les paupières, et des moulinets suprêmes, si rapides et si nets qu'on distingue en l'air une corbeille d'acier.

Puis il se calme. Sûrement il n'est plus à cheval. Ses jambes se rejoignent, ses talons se recollent. Il s'immobilise, les joues fumantes. Il incline lentement son sabre, la pointe en bas, pour saluer la tombe, et, ces honneurs rendus, au milieu des amis troublés, des parents émus qui halètent et tendent comme des mains leurs oreilles écarquillées, le bon artilleur crie d'une voie éclatante à sa grand'mère Licoche :

— Va, grand'mère, sois tranquille, je vengerai la patrie pour toi !…

LE PLANTEUR MODÈLE

À Victor Tissot.

Le combat semblait fini, quand une dernière balle, une balle perdue, se retrouva dans la jambe droite de Fabricien. Il dut revenir au pays avec une jambe de bois.

D'abord il montra quelque orgueil, les premières fois qu'il entra dans l'église du village, en frappant si fort les dalles qu'on l'eût pris pour un suisse de grande ville.

Puis, la curiosité calmée, longtemps il se lamenta, honteux et désormais, croyait-il, bon à rien.

Il chercha avec obstination, souvent déçu, la manière de se rendre utile.

Et maintenant voilà que, sur le sentier de l'aisance modeste, sans mépriser sa jambe de chair, il a un faible pour celle de bois.

Il se loue à la journée. On lui désigne un carré de jardin. Ensuite on peut s'en aller, le laisser faire.

Sa poche droite est remplie de haricots rouges ou blancs, au choix.

En outre, elle est percée, point trop, point trop peu.

L'allure régulière, Fabricien parcourt de long en large le terrain. Sa jambe de bois creuse un trou à chaque pas. Il secoue sa poche percée. Des haricots tombent. Il les recouvre du pied gauche et continue.

Et tandis qu'il gagne honorablement sa vie, l'ancien brave, les mains derrière son dos, la tête haute, a l'air de se promener pour sa santé.

LA CLEF

À Alfred Capus.

La vieille est vieille et avare ; le vieux est encore plus vieux et plus avare. Mais tous deux redoutent également les voleurs. À chaque instant du jour ils s'interrogent :

— As-tu la clef de l'armoire ? dit l'un.

— Oui, dit l'autre.

Cela les tranquillise un peu. Ils ont la clef chacun à son tour et en arrivent à se défier l'un de l'autre. La vieille la cache principalement sur sa poitrine, entre sa chemise et sa peau. Que ne peut-elle délier, pour l'y fourrer, les bourses de ses seins inutiles ?

Le vieux la serre tantôt dans les poches boutonnées de sa culotte, tantôt dans celles de son gilet à moitié cousues et qu'il tâte fréquemment. Mais, à la fin, ces cachettes toujours les mêmes lui ont paru de moins en moins sûres, et il vient d'en trouver une dernière dont il est content.

Or la vieille lui demande selon la coutume :

— As-tu la clef de l'armoire ?

Le vieux ne répond pas.

— Es-tu sourd ?

Le vieux fait signe qu'il n'est pas sourd.

— As-tu perdu la langue ? dit la vieille.

Elle le regarde, inquiète. Il a les lèvres fermées, les joues grosses. Pourtant sa mine n'est pas d'un homme qui se trouverait tout à coup muet, et ses yeux expriment plutôt la malice que l'effroi.

— Où est la clef ? dit la vieille ; c'est à moi de garder la clef maintenant.

Le vieux continue de remuer sa tête d'un air satisfait, les joues près de crever.

Et la vieille comprend. Elle s'élance, agile, pince le nez du vieux, lui ouvre par force, au risque d'être mordue, la bouche toute grande, y enfonce les cinq doigts de sa main droite et en retire la clef de l'armoire.

LE GARDIEN DU SQUARE

À Maurice Barrès.

C'est, entre une caserne haute et l'échafaudage d'une maison qu'on ne finit pas de construire, un square pauvre.

Si on osait en comparer la verdure à quelque tapis, ce serait à une carpette usée et souillée par des chaussures sales. Les oiseaux ne s'y posent plus. On ne leur a jamais jeté de mie de pain, et peut-être qu'elle leur serait volée ! Aucun industriel n'a jugé commercial d'y installer une bascule automatique.

Sur les bancs aux dossiers durs, les pauvres bâillent, dorment, la bouche ouverte aux feuilles tombantes, ou bien ôtent leurs souliers et font prendre l'air à des pieds impurs et malades qu'une mère ne reconnaîtrait pas. Quelques-uns lisent des bouts de journaux sans date, qui ont enveloppé du fromage. Ils y cherchent des chiens à retrouver.

Sorti de son kiosque, le gardien du square se promène en uniforme vert, tenant ferme la poignée de son épée afin d'éviter ses crocs-en-jambe. Il dévisage ces déguenillés, toujours les mêmes et toujours là, qui lui font honte. Volontiers, il les provoquerait. Sournoisement, chaque matin, il croiserait des baguettes sur les bancs sans cesse enduits de peinture fraîche.

Mais ces meurt-de-faim y prendraient-ils garde ? Ils sont assez las pour dormir sur des culs de bouteille.

Puisqu'il n'a que de pareils êtres à surveiller, ses fonctions lui semblent basses et la supériorité en ce monde une chose vaine.

Soudain, il reprend tous les pouces qu'il avait perdus de sa taille et sourit : un couple lui arrive d'un monsieur et d'une dame bien mis, qui marchent lentement, hanche contre hanche.

Le gardien se cambre, avec une mimique gracieuse et discrète, comme s'il voulait faire les honneurs et inviter Madame et Monsieur à s'asseoir... oh ! cinq minutes seulement !

Mais le couple passe, laissant derrière lui une odeur fine que tous les nez respirent pour la porter à tous les cœurs. Le parfum d'une femme ne donne-t-il pas l'envie de s'attabler à son corps ?

Le gardien se penche sous un peu plus d'humiliation.

— C'est ma déception quotidienne, se dit-il. Comment d'honnêtes gens proprement vêtus s'arrêteraient-ils au milieu de cette gueusaille ?

Il rentre à son kiosque, et, découragé, par les vitres, d'un œil méchant guette, (il le faut bien !), cette troupe infâme et sans étage qu'il ne peut pas mettre à la porte de chez lui.

LA BOMBE PRÉSERVATRICE

I

— Et moi aussi, je suis propriétaire, se dit M. Navot, et j'ai un magistrat dans ma maison, au premier, porte à gauche, tandis que j'habite au cinquième !

M. Navot se prend la tête à pleines mains. Autour de lui s'amoncellent les journaux de la semaine. Il ferme les yeux, et, sous son crâne, de minuscules immeubles, parmi lesquels il distingue le sien, sautent, pétillent, comme les gouttes d'une poêle à frire. Des pompiers accourent. Ils ont tous la jambe gauche en l'air. Ils ne trouvent que des pincées de cendres qui tiendraient au creux d'une pipe.

Longtemps M. Navot demeure caché derrière ses mains.

II

Enfin il relève le front :

— Raisonnons : quand une maison a sauté, elle ne saute plus ; les anarchistes la laissent tranquille. Si donc je faisais sauter la mienne, un petit peu, un tout petit peu, de manière à n'abîmer que l'escalier, que deux ou trois marches de l'escalier, et un barreau de la rampe ! Il y a bombe et bombe. Les anarchistes prétendent qu'ils travaillent isolément. Chacun dirait : « On m'a devancé. » Ma maison serait vaccinée contre les explosions. Le public me plaindrait. Je me moque de la gloire, mais il est toujours agréable de lire son nom en caractères d'imprimerie. Je ne compte pas l'indemnité qu'on m'accordera.

III

Après s'être écrit quelques lettres qu'il a montrées au commissaire, M. Navot achète un manuel d'école primaire où, grâce à la prévoyance du gouvernement, il trouve la recette pratique d'une dynamite garantie. Puis, dans des quartiers excentriques, il entre chez divers droguistes, demande au premier de l'acide azotique, au second, de l'acide sulfurique, à l'un une coupelle de porcelaine, à l'autre de la glycérine, ici de l'argile rouge sèche, et là ce qui lui manque. Comme aucun droguiste ne lui sourit, il craint les soupçons, pour dépister la police siffle des airs connus, et bien que ses poches soient grosses de redoutables paquets, il marche allègrement, en suant.

IV

Portes closes, M. Navot a quitté son paletot, à cause des taches, et retroussé ses manches de chemise. Il prépare, mélange, concentre. Des réactions s'opèrent. De l'eau coule goutte à goutte. Au fond d'un vase, quelque chose d'huileux devient jaune. Une pâte lavée, un résidu se forme. La cartouche de Lefaucheux est là, en un coin, debout. Les doigts de M. Navot ont peur. Il se dresse, pousse un gros soupir et s'éponge, car de son propre corps même se dégage une chaleur inquiétante. Il verse un liquide et soudain en ôte la moitié. Il coupe des cordons et les renoue. Il double la longueur d'une mèche ; il y ajoute encore. Il s'embrouille, barbote, misérable au milieu des puissances infernales qu'il ose remuer.

V

Un instant, M. Navot, soucieux du naturel, a l'idée de rester chez lui. Ce soir, il poserait son modeste engin au premier étage, remonterait vite au cinquième, se coucherait et, la tête dans ses draps, il attendrait l'explosion ou tâcherait de s'endormir.

Mais il réfléchit que la bombe peut, trop réussie, pulvériser l'immeuble au lieu d'égratigner l'escalier. Il se refuse l'honneur d'imiter ces capitaines qui n'abandonnent leur navire que s'il n'y a plus un passager à bord, et qu'ils sont tous noyés.

VI

La mèche brûle sur le paillasson du magistrat. Comme poursuivi, M. Navot descend, passe devant la loge du concierge, lui crie, selon sa coutume : « Veillez, mon brave ! » et dehors se retient à grand'peine d'ouvrir les ailes qui lui poussent.

Au bout de la rue, il ralentit le pas et se retourne. Il voit tout un pan de son immeuble. Il s'éloigne encore ; quand il n'aperçoit plus que le toit, il s'arrête, fixe les cheminées qui vacillent déjà, et pâle, écoute, l'œil sur sa montre calme, et la main sur son cœur déréglé.

QU'EST-CE QUE C'EST ?

À Adrien Remacle.

Oui, qu'est-ce qu'il va ? Les passants s'arrêtent. Ils ne comprennent d'ordinaire que les choses qui veulent dire quelque chose, et ne savent plus s'ils doivent rire ou avoir mal.

Un grand domestique aux galons d'or tient ferme par le bras un petit vieux qu'il a la consigne de promener correctement, une heure, le soir.

Mais le petit vieux fait effort pour s'échapper. Il voudrait toucher les murs, regarder aux vitrines et tracer des raies sur les glaces, du bout d'un doigt mouillé de salive. Ses joues ridées semblent deux jaunes tablettes d'écriture ancienne. Sa taille est nouée depuis longtemps. Il a dans chaque blanc d'œil une minuscule mèche de fouet rouge et la couleur de ses cheveux s'est arrêtée au gris.

Tantôt, brusque, il tire le domestique et tâche en vain de le faire dévier ; tantôt il lui donne un coup de pied ou lui mord la main.

Le domestique, que rien n'offense, a des ordres et suit, sec et raide, en ligne droite, le milieu du trottoir.

Enfin le petit vieux saisit, par surprise, le bouton d'une porte, s'y cramponne, s'y suspend et pousse des cris aigus de gorge usée, des pépiements.

Le domestique de haut style l'en décroche avec des précautions respectueuses, et lui dit d'une voix bien cultivée, sévère et douce à la fois :

— J'en demande pardon d'avance à Monsieur, mais je rapporterai que Monsieur n'a pas été raisonnable et qu'il s'est conduit comme un enfant.

LA FICELLE

À Léon Deschamps.

Son frère étant mort, grand-père Baptiste se trouvait seul au monde. Il avait planté un fauteuil de paille devant sa porte, et il y passait la journée, en hébété, principalement vêtu d'une culotte.

Il ne savait plus comment on réfléchit.

Il dépensait toute sa force à déplacer son ventre de droite et de gauche, et il ne rentrait que le plus tard possible dans sa maison. Mais il ne pouvait dormir, car dès qu'il ne voyait pas, il pensait à son frère. La chambre lui semblait remplie de suie. Il étouffait.

Il dit au petit Bulot :

— Je te donnerai deux sous si tu couches dans le lit de mon frère.

— Donnez-moi les deux sous d'avance, répondit Bulot.

Grand-père Baptiste le coucha, lui mit une ficelle au pied, comme on fait aux gorets ramenés de la foire, se coucha à son tour, et, le bout de ficelle entre ses doigts, goûta enfin quelque repos. Les plis des rideaux cessaient de grimacer.

Quand il s'éveillait, il écoutait, rassuré, le ronflement de Bulot, et, s'il n'entendait rien, tirait la ficelle.

— Quoi que vous voulez encore ? demandait Bulot.

— Bon ! tu es là, disait grand-père Baptiste, je veux seulement que tu causes.

— Voilà, je cause ; après ?

— Ça me suffit, mon garçon, rendors-toi, pas trop vite.

Une nuit, il tira vainement la ficelle. Il se leva, alluma une bougie et s'en vint voir.

Le petit Bulot dormait tranquille, tourné contre le mur, et la ficelle dont il s'était débarrassé, attachée au bois du lit, ne le dérangeait plus.

— Sournois, tu triches, dit grand-père Baptiste ; rends les deux sous.

Mais, le front brûlé par une goutte de bougie fondue, Bulot poussa un cri, rejeta ses couvertures et tendit son pied.

— Je m'appelle « tête de bouc » si je recommence, dit-il.

— Je te pardonne pour cette fois, dit grand-père Baptiste.

Il prit le pied, serra soigneusement la ficelle aux chevilles, et fit un nœud double.

LE JUSTE BIEN ATTRAPÉ

I

Aristide peut dire, sans orgueil, que sa vie fut celle d'un honnête homme. Il se regarde mourir avec calme. Ou plutôt, il ne meurt pas. Il s'endort du sommeil du juste, et ne se réveillera qu'au Paradis, à la droite du bon Dieu.

II

Aristide lève sa tête pesante. Rien ne l'éblouit. Les choses autour de lui sont tristes. Des figures maussades, qu'exaspère l'impatience, observent une porte fermée, et il devine, à sa grande surprise, que le bon Dieu le met d'abord en purgatoire.

III

Aristide croyait pourtant l'avoir fait sur terre. C'est une petite déception. Il doit, suivant l'usage, expier ici quelque peccadille oubliée. Ce ne sera pas long. Déjà les fentes de la porte s'illuminent. Bientôt par son repentir, il méritera qu'elle s'ouvre. Il ne se rappelle plus la moindre faute. Il est prêt et le bon Dieu l'attend.

IV

Mais, soudain, l'âme d'Aristide se recroqueville douloureusement, comme un papier qui tombe au feu.

Dieu l'a jeté en enfer.

LES TROIS AMIS

À J.-H. Rosny.

I

Le fiacre s'arrêta. Les trois amis en descendirent des cannes hydrocéphales, si lourdes qu'ils les portaient à bras tendu, pour montrer leur force. Ils étaient bruyants, fiers de vivre, vêtus à la mode éternelle. Chacun avait une route nationale dans les cheveux.

Le premier dit : « Laissez donc, j'ai de la monnaie. »

Le second : « J'en veux faire. »

Le troisième : « Vous n'êtes pas chez vous, ici », et au cocher : « Je vous défends de prendre ! »

Longtemps ils cherchèrent, ouvrant avec lenteur, une à une, les poches de leurs bourses, et, tandis que le cocher les regardait, ils se regardaient obliquement.

II

Le premier apportait pour bébé un polichinelle bossu par devant, bossu par derrière, et singulier, car plus on le maltraitait, plus il éclatait de rire.

La maîtresse de maison dit : « Voilà une folie. »

Le second apportait un bouledogue trapu, à mâchoires proéminentes. Il était en caoutchouc, coûtait dix-neuf sous, et quand on lui tâtait les côtes, il pépiait comme un oiseau.

La maîtresse de maison dit : « Encore une folie ! »

Le troisième n'apportait rien ; mais du plus loin qu'elle le vit entrer, la maîtresse de maison s'écria : — Je parie que vous avez fait des folies ! venez çà, vite, que je vous gronde !

III

Au dîner, dès le potage, la maîtresse de maison dit :

— Un peu ? non, vrai ? Vous ne faites pas honneur à la cuisinière. Je suis désolée. Vous savez : il n'y a que ça.

Le premier des trois répondit : « Mâtin ! »

Le second : « Je l'espère bien. »

Le troisième : « Je voudrais voir que ce ne fût pas tout. »

Ensuite les plats défilèrent comme il est prescrit, s'épuisant à calmer les faims.

IV

Après avoir mangé, chacun comme quatre, et tous comme pas un, les trois amis dirent parallèlement :

Au dessert assorti : « Soit, pour finir mon pain. »

Aux liqueurs circulantes : « Jamais d'alcool ; mais du moment que cela vous fait plaisir ! »

Et la boîte de cigares vidée : « La fumée ne vous incommode pas, au moins ? »

— Mon père était fumeur, répliqua d'un trait la maîtresse de maison. Mon frère était fumeur. J'ai joué et grandi sur des genoux de fumeurs. Mon mari fumait aussi. J'ai un oncle que j'aime beaucoup qui fume la pipe et j'adore l'odeur du tabac, bien que ça empeste les rideaux.

V

Quand les trois amis se retrouvèrent dehors, le premier fit : « Ouf ! »

Le second : « Cette noce m'a cassé. »

Et le troisième qui parlait plusieurs langues étrangères : « Jamais je n'ai tant rigolé. »

Puis, remmenant leurs cannes, ils allèrent se coucher.

LA SERRURE ENCHANTÉE

Le mur que je longeais ne finissait pas, et je désespérais d'en faire le tour. Il ne me laissait voir que des arbres impénétrables qui tendaient sur la route, çà et là, leurs branches. Derrière eux, j'imaginais, tantôt avec envie, tantôt avec indifférence, un château habité par des gens heureux ou ennuyés. Je me disais :

— Si tout de même ce château était à moi !

Et j'ajoutais :

— Je n'en voudrais pas pour rien.

Enfin les arbres s'éclaircirent, et je me trouvai devant une porte de fer, pleine et rouillée. Je ne manquai point de mettre un œil à la serrure. Elle était nette de poussière et de toiles d'araignée, et ne devait s'ouvrir qu'au moyen d'une clef semblable, quant au poids, à quelque arme défensive. Je voyais clair et loin, comme par une petite lucarne. Elle donnait sur une large allée, et j'aperçus une dame de belle sculpture qui s'avançait à pas lents, suivie d'un vieil homme qui multipliait d'humbles gestes.

Autour d'eux les arbres gardaient l'immobilité des décors de théâtre. Je n'entendais de la voix cassée du vieil homme que les menus éclats.

Il parlait pour lui, car la dame désintéressée, les yeux emplis de vague, marchait sans répondre, sans retourner la tête. Quand elle fut près de la porte, elle décrocha la clef pendue et la tendit au vieil homme. Il se recula de quatre pas, revint gracieusement et dit :

— C'est bien peu, Madame, cette première faveur que vous m'accordez depuis que je vous aime ; mais elle m'enivre. Je n'oublierai plus qu'une minute j'aurai été votre serviteur et, je le sens, cette nuit je dormirai mieux que les autres nuits.

Il prit la clef, baisa la main qui l'offrait, et, mimant des poses solennelles, comme s'il allait prouver son héroïsme, s'approcha de la porte.

Prêt à sauter en arrière, à me sauver, j'avais encore l'œil collé au trou de la serrure. Or, il ne s'obscurcit pas, et j'entendis seulement les légers chocs métalliques de la clef.

Elle frappait à petits coups tout autour du trou et ne pouvait y entrer.

— Ne trouvez-vous pas, Madame, qu'il fait frais ce matin ? dit le vieil homme.

Il souffla dans ses doigts, et se remit à viser le trou de la serrure. La clef s'y cognait précipitamment le nez, voltigeait comme une grosse mouche bruyante contre un carreau. Attirée par la lueur du trou, elle n'y tomberait jamais. Le vieil homme, déjà moite, soupira et dit :

— Vous avez raison, Madame ; je crois, maintenant, qu'il fait plutôt lourd.

De sa main gauche exsangue, il étreignit son poignet droit, pour l'immobiliser. Les deux mains semblèrent un couple enlacé qui danse, et leur tremblement gagnait le reste du corps. Le vieil homme mordait ses moustaches tombantes.

— Madame, dit-il, j'aimerais mieux me tuer à vos pieds.

Elle leva sur lui des yeux étonnés. Je crus qu'elle allait disjoindre ses lèvres, demander :

— À quoi servirait votre mort ?

Elle ne dit rien. Elle ne sourit pas.

Le vieil homme tenta un dernier effort, poussa la clef sur la serrure, ainsi qu'un poignard, et si violemment, que la porte de fer gémit. Puis, il la laissa retomber et s'éloigna, voûté, hâtif ; il s'enfonça sous les arbres, au-devant de sa fin prochaine ; il disparut.

La dame de belle sculpture regardait les nuages et attendait que l'un d'eux prît une forme distinguée.

M. ET Mme BORNET

LE GÂTEAU GÂTÉ

À Alphonse Daudet.

Mme Bornet déchira, en suivant le pointillé, le télégramme et lut :

« Comptez pas sur nous. Indisposés. Amitiés. Lafoy. »

— Comme c'est ennuyeux ! dit-elle. Je vous le demande. *Indisposés :* beau motif ! Moi qui avais tout préparé !

— Ces choses-là n'arrivent qu'à nous, dit M. Bornet.

Mme Bornet réfléchit :

— J'y songe : il y a un moyen de nous arranger. Les Nolot viennent demain. Le gâteau sera encore frais. Il servira.

Mais le lendemain, au moment d'allumer les bougies, elle reçut un second télégramme :

« Impossible pour ce soir. Excuses. Nolot. »

— C'est comme un fait exprès, dit M. Bornet.

Mme Bornet, accablée, les lèvres blanches, ne comprenait pas cet acharnement du sort, et elle ouvrait la bouche toute grande afin de faciliter la sortie des mots blessants.

— Prévenir à neuf heures ! quel manque d'éducation !

— Mieux vaut tard que jamais, dit M. Bornet. Cependant, calme-toi, gros mérinos, tu vas tourner !

— Oh ! tu peux rire. C'est du joli ! Cette fois le gâteau est bel et bien perdu.

— Nous le mangerons demain à déjeuner.

— Si tu crois que j'achète des gâteaux pour notre ordinaire.

— Sans doute : mais puisque nous ne pouvons pas faire autrement, résignons-nous.

— Soit, gaspillons notre fortune, dit Mme Bornet.

Dépitée comme maîtresse de maison, elle passa une nuit mauvaise, avec de brusques coups de reins, tandis que son mari dormait légitimement et rêvait peut-être sucreries à la vanille.

— Il se réjouit déjà, pensait-elle.

Chose promise, chose due. Au déjeuner, la bonne apporta, non sans précautions, le gâteau sur la table. M. et Mme Bornet le contemplèrent. Il s'était affaissé. La crème avait jauni, fuyait par les fentes, et les éclairs s'y noyaient peu à peu. Autrefois semblable à quelque château fort, il ne rappelait maintenant aucune construction connue, parmi celles, du moins, qui ne sont pas encore écroulées. M. Bornet garda pour lui ces remarques, et Mme Bornet se mit à découper les parts. Préoccupée de les faire égales, elle disait à son mari :

— Tu guignes la plus grosse, hein ! vieux gourmand !

Son couteau disparut sous les flots de crème croulante, gratta l'assiette, agaçant les dents, mais jamais elle ne parvint à fixer des limites, à tracer des sentiers secs, et toujours les parts débordaient l'une sur l'autre. Exaspérée, elle prit l'assiette, renversa dans celle de son mari la moitié du gâteau et dit :

— Tiens, bourre-toi.

M. Bornet emplit une cuiller à potage, souffla sur la crème tant elle lui parut froide, et n'en fit qu'une bouchée. Mais sa langue embarrassée refusa de claper. Il grimaça, puis sourit :

— Je crois qu'elle a un petit goût, dit-il.

— Allons ! bon, dit Madame. Quel homme à caprice ! ma parole, je ne sais plus qu'inventer pour te nourrir. Seigneur, que je suis donc malheureuse !

— Essaie, toi, dit simplement M. Bornet.

— Je n'ai pas besoin d'essayer. Je suis sûre d'avance qu'elle n'a aucun goût.

— Essaie tout de même. Avales-en une cuillerée, rien qu'une.

— Deux, si tu veux, fit Mme Bornet.

En effet, elle les avala coup sur coup et dit :

— Eh bien ! quoi ? Qu'est-ce que tu lui trouves, à ce gâteau ? Un peu fait, peut-être.

Mais elle n'en reprit pas. Elle se désolait, allait pleurer, quand M. Bornet eut une idée.

— Écoute ! Il y a longtemps que tu n'as rien offert au concierge, et j'ai observé que, depuis le jour de l'an, ses prévenances diminuent. Privons-nous. Donnons-lui le gâteau. Nous avons la vie devant nous, pour nous en payer d'autres, n'est-ce pas ?

— Au moins, remets ta part, dit Mme Bornet.

Ils firent monter le concierge.

Après les compliments d'usage :

— Voulez-vous me permettre de vous offrir ceci ? dit M. Bornet, en lui tendant l'assiette.

— Vous êtes trop charitables, dit le concierge, mais ça va vous manquer ?

— Que non ! dit M. Bornet. J'en ai jusque-là.

Il pesa sur sa pomme d'Adam et tira la langue.

— Prenez, dit Mme Bornet. Ne craignez rien. C'est pour vous.

Le concierge, les yeux sur le gâteau, les narines flairantes, hésita et soudain demanda :

— Y a-t-il des œufs dans votre gâteau ?

— Parbleu ! dit M. Bornet, on ne fait pas de bon gâteau sans œufs.

— Alors, ça me rembrunit. Je n'aime pas les œufs.

— Qu'est-ce que tu lui contes, mon ami, dit Mme Bornet. Il y a un jaune d'œuf, au plus, pour lier la pâte.

— Oh ! Madame, rien que d'entendre chanter une poule, j'ai mal au cœur.

— Je vous affirme, dit Monsieur, qu'il est exquis. Vous vous régaleriez.

Comme preuve, il trempa le bout du doigt dans le gâteau et suça hardiment.

— Possible, dit le concierge ; je suis sans compétence. C'est égal, je n'en veux point. Je vomirais. Faites excuses, merci bien.

— Mais pour votre femme ?

— Ma femme est comme moi. Elle n'aime pas les œufs. Elle les renvoie aussi. C'est un peu à cause de ce dégoût-là que nous nous sommes convenu.

— Pour vos charmants bébés ?

— Mes gosses, Madame. Justement, l'aîné a mal aux dents. Il en perd partout. La friandise ne lui vaut rien. Et le plus petit, le pauvre cher petit, n'est point encore porté sur la bouche.

— Assez, dit Mme Bornet glaciale. Laissez-le. Nous ne vous forçons pas. Nous n'en avons pas le droit. Mille regrets, mon brave !

— Oui, assez, dit M. Bornet, du ton dont il eût repoussé un mendiant.

Ils étaient humiliés. Le concierge s'aperçut de leur mécontentement. Pris de scrupules délicats, il ne voulut pas les quitter sur cette impression fâcheuse, et poliment :

— Vous, Monsieur, qui êtes un savant, vous n'auriez pas, des fois, dans vos livres, un livre avec des lettres écrites, imprimées, pour souhaiter des fêtes, la Sainte-Honorine, par exemple ? Voilà qui me ferait plaisir et me serait utile. Je vous le rendrais.

On ne lui répondit même pas. Il s'éloigna à reculons, confus, certain qu'il les avait fâchés, et se promettant de faire oublier sa conduite par des amabilités de son ressort.

— Imbécile ! dit M. Bornet. Des gens qui crèvent de faim. Dernièrement, leur petit tétait une feuille de salade.

— Au fond, c'est de l'orgueil, dit Mme Bornet. Il mourait d'envie d'accepter.

Elle n'en revenait plus, et ses doigts fébriles jouaient sur les petits tambourins de ses tempes. Les coudes sur la table, Monsieur consultait une manche de son paletot. En vérité, ce gâteau était d'un placement si difficile qu'ils allaient s'en désintéresser.

— Sommes-nous bêtes ! dit enfin Madame.

Elle donna un vif coup de pouce à la poire électrique. La bonne parut.

— Louise, dit sèchement Mme Bornet, mangez ça. Vous conserverez votre fromage pour demain.

Louise emporta le gâteau.

— J'espère qu'on la comble en dessert. Elle va le dévorer, les yeux fermés.

— Ça dépend, dit Monsieur, je n'en mettrais pas ma tête sur le billot. Cette fille se dégrossit, se parisianise. Elle a des diamants en verre aux oreilles.

— Je sais. Depuis que nous l'avons menée au cirque, par imprudente générosité, elle jongle avec les assiettes. Mais elle ne poussera pas la distinction jusqu'à bouder contre son ventre.

— Hé ! je me défie, moi. Elle peut engloutir le gâteau comme elle peut n'y pas toucher.

— Je voudrais voir ça.

Ils attendirent ; puis, pour une cause ou pour une autre, sans faire semblant de rien, Mme Bornet passa dans la cuisine. Elle en revint grinçante d'indignation.

— Devine où il est, notre gâteau ?

M. Bornet se dressa comme un point d'interrogation énorme, oscillant.

— Devine ? je te le donne en cent.

— Ah ! je trépigne.

— Dans la boîte aux ordures !

— Trop fort !

— Sacrifiez-vous pour ces drôlesses. Sortez-les de la crotte, voilà votre récompense : « Madame, je ne suis pas venue ici pour manger vos gâteaux pourris ! » Mais je jure Dieu que cette insolence lui a coûté cher.

Dédaignant la parole humaine, Mme Bornet écarta ses cinq doigts de la main droite et trois doigts de la main gauche.

— J'imagine effectivement, dit M. Bornet, le visage comme frotté à la mine de plomb, que tu lui as flanqué ses huit jours.

— Pardine !

Face à face, ils s'excitaient à la vengeance. Elle, ses huit doigts en pied de nez, sentait rayonner ses oreilles rouges, son front chaud, ses joues cuites, et lui s'enténébrait encore, telle une fenêtre au soleil, quand le store graduellement s'abaisse et développe son ombre.

LE BOUCHON

À Léon Daudet.

De petits gorets, réveillés dans tous les cœurs, ont grogné d'aise au passage des viandes fines, des bons vins, et se sont grisés de fumets. Les visages animés ne peuvent plus rougir. Les joues sont en fruits. Les bouches rient double et les dames suivent, en paroles, les messieurs jusqu'où ils veulent aller. Or voilà que le maître de maison, M. Bornet, saisit la bouteille de champagne.

Ah ! ah !

Il disperse d'un souffle puissant les grains de poussière qu'elle a sur la tête.

On le regarde.

Il lui enlève son capuchon d'or.

On devient grave.

Il coupe les fils qui la serrent au cou.

Les dernières paroles lancées retombent à droite et à gauche, molles.

Il lui appuie son pouce sur la nuque.

Attention !

— Bon ! dit Mme Bornet, tu vas commencer tes bêtises. Tu ne pourrais point faire ça à la cuisine ?

M. Bornet n'a même pas un geste de mépris. Il exerce par degrés les pressions accoutumées. Il semble pétrir une figurine de glaise. Il n'accomplit rien à la légère. S'il s'aperçoit que le bouchon a grandi d'une ligne, il se repose, et laisse l'effet se produire. Il donne aussi d'amicales tapes au ventre, au derrière de la bouteille. Parfois il l'incline, comme une arme chargée, dans la direction d'une poitrine, d'une gorge ouverte. Mais il rassure aussitôt ces dames :

— N'ayez pas peur, je suis là !

— C'est crispant, dit Mme Bornet, prends un tire-bouchon et finis-en, à la fin !

— Prendre un tire-bouchon pour déboucher une bouteille de Champagne, répond M. Bornet, syllabe par syllabe ; j'ai, dans ma longue vie, entendu des choses prodigieuses, mais celle-ci l'emporte, je l'avoue.

Il observe, sournois, ses invités.

Les bustes se penchent en arrière, forment ensemble, autour de la table, un large calice évasé. Chaque dame apprête un cri original. Les petits doigts se blottissent dans les oreilles. Une assiette sert d'éventail. Un monsieur, qu'on approuve, exprime en beaux termes la gêne commune :

— J'ai été soldat, dit-il, je ne crains pas la mort. Tirez un coup de canon et vous verrez si je sourcille ! Mais, Dieu ! que ceci m'énerve donc ! c'est plus fort que moi.

— Oui, dit un docteur pourtant habitué aux enfantements pénibles, inutile de nous torturer davantage. Nous avons tous fait nos preuves. Dépêchez-vous.

— Patience, grands enfants, répond M. Bornet avec calme. Moi, j'aime que la nature suive son cours. D'ailleurs, je suis en mesure de vous affirmer que le bouchon travaille. Ce n'est qu'une affaire de temps, et dès qu'il aura parti, vous n'y penserez plus.

Bien qu'on le traite d'affreux homme, de monstre, il garde la sérénité de sa face. Il organise l'angoisse. Il n'agit plus sur le bouchon que par l'influence d'un regard fixe. L'anxiété atteint ses limites. On dirait que, cédant aux genoux qui tamponnent, aux abdomens gonflés, aux bras raidis, la table garnie va sauter au plafond.

— Il est à gifler, dit Mme Bornet. Tu nous exaspères. On se trouverait mal. Donne-moi cette bouteille.

— Veux-tu lâcher ça, dit M. Bornet, ou je renfonce le bouchon !

— À mon secours ! crie MmeBornet.

— Veux-tu lâcher ça, ou tu recevras de cette fourchette sur les phalanges !

— Mme Bornet a raison, dit l'ancien militaire excité. Parfaitement ! Vous vous jouez de nous. Honneur aux dames ! Passez la bouteille tout de suite.

Et déjà il l'empoigne.

— Vous ne me l'arracherez pas, dit M. Bornet, à moins de me casser les doigts.

— Est-il têtu ! disent les invités qui se lèvent décidés, sérieux. Et la bouteille disparaît jusqu'au col, sous les mains qui s'abattent, qui l'étreignent. Les moins promptes s'accrochent encore à des poignets. Des taches de sang circulent à fleur de peau.

— Ah ! c'est ainsi, dit M. Bornet. Soit, allons-y. J'en ai vu d'autres. Je me sens bœuf. Je vous défie, un contre dix. Tant pis si la bouteille éclate. Gare au malheur et sauve qui peut !

Les convives, hors deux, refusent de l'entendre, perdent prudence. Désireux d'agir, ils souhaitent un dénouement qui les soulage vite, n'importe lequel, et s'en remettent au destin.

Mais tiraillée en divers sens, la bouteille de champagne résiste aux efforts qui se contrarient, s'immobilise, étouffe, pousse toute seule, et le bouchon sort comme un soupir de digestion, se couche sur le côté, au bord du goulot, paresseusement.

L'ORANG

À Aurélien Scholl.

— D'ailleurs, c'est étonnant comme mon mari fait bien l'orang ! dit Mme Bornet.

Les convives de choix, peu nombreux, regardèrent M. Bornet. Intimement traités, ils venaient d'écouter, avec frayeur, les histoires terribles échangées.

— Mais selon moi, avait dit M. Bornet, la plus extraordinaire est le *Double assassinat dans la rue Morgue*. Edgar Poë l'a composée si savamment que j'ai beau la relire, la relire encore, je ne devine jamais l'orang.

Et le mot n'avait pas semblé forcé.

— Je vous assure, dit Mme Bornet, qu'il l'imite dans la perfection, et la première fois, j'ai dû crier au secours contre lui.

— C'est exact, dit M. Bornet, elle a crié au secours, comme une sotte.

— Vous ne plaisantez pas ? dirent ces dames ; vous faites l'orang, vous, monsieur Bornet ?

— Il n'a pourtant rien de l'orang.

— Si, quelque chose, en observant bien, dans le sourire.

Une jeune femme, timide et craignant d'être exaucée, demanda :

— Oh ! faites-nous-le, hein ?

Les hommes désiraient voir avant de croire, inquiets toutefois. M. Bornet hocha la tête.

— Ça ne se fait pas comme ça ! dit-il. Il faut être en train et en costume ; je m'explique : sans costume !

Le mot refroidit les curiosités chaudes. Ces dames s'interdirent d'insister autrement que par des : « C'est dommage ! — Moi qui aurais été si heureuse ! » Mais elles protestèrent quand l'un de ces messieurs leur dit :

— Ne pourriez-vous pas vous retirer un instant ? Nous resterions entre hommes.

Cela non. Mieux valait essayer un arrangement.

— Voyons, monsieur Bornet, soyez gentil. Nous nous contenterons d'une esquisse. Ôtez votre paletot !

— Un orang en manches de chemise ! fit dédaigneusement M. Bornet. Vous vous moquez de moi, ma parole !

— Tenez, nous ne sommes pas bégueules. Madame Bornet, est-ce que votre mari porte de la flanelle ?

— Oui, mais très peu.

— Pas de chance ! comment faire ? Monsieur Bornet, vous n'êtes guère aimable. Une indication nous aurait suffi. Retroussez vos manches jusqu'au coude. Nous suppléerons le reste.

— Il veut qu'on le prie, dirent les hommes.

M. Bornet hésitait entre la crainte de ne pas jouer son rôle et celle de le mal jouer. Au bord de sa chaise, prêt à se lever, flatté comme l'artiste célèbre auquel on demande « ne serait-ce qu'un couplet », il jouissait des yeux fixés sur lui, des bouches entr'ouvertes, des mains tendues et frémissantes.

— Soit, dit-il, puisque vous l'exigez !

Il ôta son paletot et l'écarta soigneusement sur le dossier de sa chaise.

— Je réclame votre indulgence, dit-il, pour trois raisons. D'abord ma femme exagère ou se trompe peut-être. En second lieu, je n'ai pas encore exécuté l'orang en public. Enfin, et ceci vous surprendra, je vous affirme que, de ma vie, je n'ai vu d'orang !

— Vous en avez plus de mérite, lui dit-on.

Il y eut un remuement de sièges. On se prépara à la peur. Les dames se serrèrent, coude à coude, autour de la table, et les messieurs, nerveusement, sucèrent leurs cigarettes, s'enveloppèrent de fumée.

— Que je quitte au moins mes manchettes empesées, dit M. Bornet. Elles me gêneraient !

— Allez, allez donc, je vous supplie ! dit une femme exaspérée, déjà pâle.

M. Bornet commença.

Ce fut un désastre. Dès le premier geste, comme une tête de chardon sous une chiquenaude, l'illusion éparpillée s'évanouit. Le gros homme s'épuisait en contorsions vaines. Il grimaçait, suait, agitait ses bras lourds, empêchait son gilet de remonter, et sa montre, projetée hors du gousset, sautillait d'une jambe à l'autre.

Quel ridicule ! Ça un orang ! Un vilain singe au plus, inoffensif et vulgaire. Les femmes se pinçaient, choquaient leurs genoux, se cachaient derrière leurs serviettes, et l'un de ces messieurs étreignit si fort la cuisse de son voisin, que celui-ci bondit de douleur.

Oui, on souffrait, et M\ :sup:`me` Bornet se montra femme de tact quand elle dit sèchement :

— Mon pauvre ami, tu n'y es pas !

M. Bornet s'arrêta. Telle une toupie qui reçoit un coup de pied.

— C'est votre faute, dit-il, penaud ; je vous avais prévenus. Il fallait m'écouter.

— Apaise-toi, lui dit sa femme en l'épongeant. Va renouer ta cravate et te rafraîchir les tempes.

Humilié, il passa dans le cabinet de toilette.

— Pardon pour lui ! dit-elle.

Mais les convives soulagés, parce qu'ils en étaient quittes pour la peur de la peur, s'efforcèrent de la consoler.

— Chère Madame, lui dirent-ils, vous vous faites trop de mauvais sang. M. Bornet réussira mieux une autre fois. C'est tellement difficile. Et puis cela n'a pas mal marché du tout. D'autres que nous peut-être se seraient laissé impressionner.

Ils se levaient, l'entouraient, touchés de sa peine. Ces dames, certaines d'avoir échappé à un grand danger, respiraient plus librement. Elles se félicitaient, les mains unies, parlaient ensemble, gaies, rieuses et vivaces, comme au plein soleil de midi.

Tout à coup l'orang parut.

Il s'avança très lentement, et l'éclatante lumière de la salle à manger s'obscurcit. Il avait le dos courbe, la tête rentrée dans les épaules, la mâchoire inférieure disloquée. Ses yeux sanglants regardaient dans le vide. Ses doigts mobiles pétrissaient, étranglaient des choses, et ses ongles s'allongeaient en griffes.

L'assurance perdue, les convives s'étaient bousculés, tassés dans un coin, et se retenaient de pousser des cris d'horreur qui eussent ajouté à leur épouvante. D'autre part, l'orang se gardait de grogner. Mais, la gueule tantôt contractée, tantôt élargie, il exprimait sa rage d'être exilé de ses forêts. On ne le distinguait que vaguement. Il fit le tour de la table, silencieux, saisit un couteau, et le brandit, non à la manière des assassins expérimentés, mais comme un animal gauche, d'autant plus redoutable qu'il ne sait pas se servir d'une arme. La scène sombrait dans les ténèbres, la nuit noire. On n'entendait plus même haleter les poitrines. L'orang soufflait son haleine sur les visages.

— Assez ! chéri, assez ! dit Mme Bornet.

Aussitôt M. Bornet, docile, leva le gaz. Les convives aspirèrent longuement la clarté qui se répandit jusqu'à leur cœur, et l'un d'eux, pour chasser au loin son malaise, donna le signal des applaudissements :

— Bravo ! bravo ! étonnante faculté !

— C'est un gros succès, dit Mme Bornet, empourprée. Tu n'as pas commis une faute.

Toutes ces dames s'exclamaient :

— Moi, je suffoquais !

— Moi, je me suis crue morte !

— Moi, je ne dormirai pas cette nuit.

— Moi, d'abord, je ne bouge plus. J'attendrai ici le petit jour.

Il leur restait à tous cette lâcheté qui calme les plus pressantes envies qu'on puisse avoir de changer de place.

— Alors vous êtes contents ? dit M. Bornet. Tant mieux. Moi aussi. Merci, merci.

Il reprit, modeste :

— Voyez-vous, l'important est de faire jouer le gaz à propos. J'avoue la petitesse du moyen, mais j'en garantis l'effet neuf fois sur dix.

Ses chaussettes qu'il avait gardées, sans doute à cause des mies de pain et des petits os que, pendant un dîner, on jette inévitablement par terre, retombaient sur ses chevilles.

Laid de sa propre laideur et de celle qu'il venait d'acquérir, il s'oubliait dans son triomphe, vengé de son premier échec. Ses cheveux rares, trempés, luisaient comme ceux qu'on trouve dans les soupes. Il reniflait et une buée de lessive ressortait à double jet de ses narines.

Le torse fumant, les mains collées sur son ventre pareil à un sac plein, quelque temps encore il écouta les compliments… avant d'aller remettre sa chemise.

LE BATEAU À VAPEUR

À Paul Hervieu.

Retirés à la campagne, les Bornet sont les voisins des Navot et les deux ménages font bon ménage. Ils aiment également le calme, l'air pur, l'ombre et l'eau. Ils sympathisent au point de s'imiter.

Le matin, ces dames vont au marché ensemble.

— J'ai envie de manger un canard, dit Mme Navot.

— Tiens, moi aussi, dit Mme Bornet.

Ces messieurs se consultent s'ils projettent d'embellir, l'un son jardin avantageusement exposé, l'autre sa maison située sur une hauteur et jamais humide. Ils s'accordent bien. Tant mieux. Pourvu que ça dure !

Mais c'est à la fraîcheur, quand ils se promènent sur la Marne, que les ménages Navot et Bornet souhaitent le plus de s'entendre toujours. Les deux bateaux de même forme et de couleur verte glissent bord à bord. M. Navot et M. Bornet caressent l'eau comme de leurs mains prolongées. Parfois ils s'excitent jusqu'à la première perle de sueur, sans jalousie, si fraternels qu'ils ne peuvent se battre l'un l'autre et qu'ils rament « pareil ». L'une des dames renifle discrètement et dit :

— Il fait délicieux !

— Oui, répond l'autre, il fait délicieux.

Or, ce soir, comme les Bornet vont rejoindre les Navot pour la promenade accoutumée, Mme Bornet fixe un point de la Marne et dit :

— Par exemple !

M. Bornet qui ferme la porte à clef se retourne :

— Quoi donc ?

— Mâtin ! reprend Mme Bornet, ils ne se refusent plus rien, nos amis. Ils ont un bateau à vapeur.

— Fichtre ! dit M. Bornet.

C'est vrai. Sur la rive, dans l'étroit garage réservé aux Navot, on distingue un petit bateau à vapeur, son tuyau noir qui luit au soleil, et les flocons de fumée qui s'échappent. Déjà installés, M. et Mme Navot attendent et agitent un mouchoir.

— Très drôle, ma foi ! dit M. Bornet pincé.

— Ils veulent nous éblouir, dit Mme Bornet avec dépit.

— Je ne les savais pas aussi cachottiers, dit M. Bornet. Pour ma part, je n'aurais jamais acheté un bateau à vapeur tout seul, sans eux. Fiez-vous aux amis. Enfin ! Je remarquais, ces temps derniers, qu'ils avaient l'air chose. Parbleu, c'était ça.

— Si nous n'y allions point ?

— Ce serait excessif. Mais puisqu'ils manquent de délicatesse, ne leur donnons pas la joie de nous surprendre. Restons indifférents.

— Bien petit, leur bateau à vapeur, dit Mme Bornet. À peine plus grand que l'autre. Comment le trouves-tu ?

— Oh ! de loin, un bateau à vapeur produit forcément quelque effet. D'ailleurs aujourd'hui on réussit des bijoux dans le genre.

Cependant les Navot continuent leurs signes. Sans doute ils crient :

— Dépêchez-vous !

Les Bornet descendent vers la Marne et se gardent de se hâter.

— C'est bon, on y va, dit M. Bornet. Que d'embarras, mon Dieu !

— D'abord, dit Mme Bornet, nous aussi, nous aurions un bateau, si nous voulions, en nous gênant un peu.

Lentement, ils s'avancent à pas raccourcis, affectent de baisser la tête, de la détourner ou d'observer le ciel. Certes, leur intention n'est pas de rompre avec les Navot. Ils se promettent même d'admirer poliment, selon les usages du monde, mais ils viennent d'entendre se casser avec un bruit sec le premier des fils minces qui servent à attacher les cœurs et Mme Bornet conclut :

— Si je ne suis qu'une femme, je ne suis pas femme pour rien, je n'oublierai de ma vie leur procédé. Et toi ?

Sans répondre, M. Bornet lui prend la main.

— Halte ! dit-il. Ma pauvre vieille, nous sommes fous !

Mme Bornet obéit, le regarde, regarde du côté des Navot et dit :

— Mon pauvre vieux, voilà du chimérique !

Ils se frottent les yeux, en écartent des effiloches de brumes et se croient aveugles. Puis ils se mettent à rire, silencieusement, comme deux Indiens, épaule contre épaule, redevenus bons, épanouis, heureux de vivre en ce monde où toujours tout s'explique :

Assis entre M. et Mme Navot, dans leur bateau ordinaire, un étranger fume, quelque ami de Paris peut-être, et, grave sous son chapeau haut de forme noir qui luit au soleil, il rend la fumée, naturellement, par la bouche.

UN ROMAN

PREMIÈRE PARTIE
ŒUF DE POULE

À A. Roguenant.

Le fils de Mme Lérin avait dit à la servante :

— Françoise, il y a encore une poule dans le jardin !

Et Françoise avait répondu :

— J'y vais, monsieur Émile. C'est toujours la même : mais cette fois, gare !

Elle levait les bras et criait : « Poule ! poule ! » toute rouge et courant par les allées.

La poule était dans le carré des petits pois, à son aise sur la terre chaude creusée sous elle, inquiète toutefois de ce qui pouvait arriver. Précisément, il arriva une pierre.

La poule se leva en chantant bruyamment, sauta sur le mur, fit face à Françoise, et secoua ses plumes grises de poussière, puis douillettement calée, les yeux mi-clos, la queue en panache, par bravade attendit. Aussitôt Françoise agitant sa jupe avec bruit, les lèvres sifflantes, doubla le carré des petits pois. D'un bond la poule fut dans la rue. Tout semblait terminé. La rue appartient aux poules et rien de ce qui les y concerne n'importait à Françoise. Mais la servante ouvrit la barrière du jardin et fit claquer, tournoyer son torchon. La colère l'entraînait, peut-être aussi le plaisir de la course. La poule comprit le danger, longea la maison, dandinante, et entra dans la grande cour, en donnant aux herbes, çà et là, un coup de bec, quand elle avait le temps. Un moment elle se vit perdue. Elle s'était imprudemment logée dans un angle du mur, près de la grange, et déjà Françoise, la jupe écartée, lui barrait le passage. Affolée, d'un violent coup d'aile elle s'enleva de terre, se trouva perchée sur un bâton de l'échelle qui montait au « foineau », et, les ailes ouvertes en balancier, la gravit, à petits sauts secs, sans se presser, échelon par échelon, disparut. Françoise la suivit et à l'entrée du « foineau » s'arrêta.

Il était plein d'ombre ; le foin s'y entassait en galettes serrées. Un souffle chargé d'odeurs grisantes caressa le visage en sueur de Françoise.

— Tant pis, j'entre un instant, dit-elle. D'ailleurs, il y a peut-être des œufs, puisque les poules y vont.

Le foin, pressé contre les poutres, s'y appuyant de toutes ses bottes, dégringolait jusqu'aux pieds de Françoise en escaliers irréguliers. La poule s'était installée en haut, dans un nid fait comme exprès pour elle. Il aurait fallu, pour l'atteindre, affronter des périls, enfoncer dans des trous, risquer des enjambées, se donner bien du mal, et encore ! Ce fut sans appréhension qu'elle vit la servante tenter l'assaut, tâter les couches de foin du bout du pied, pressentir les gouffres, osciller, s'arrêter prudente, se consulter et recommencer l'escalade.

— Attends, attends… disait Françoise, je vais t'apprendre, moi !

Qu'est-ce qu'elle allait lui apprendre ?

Son pied heurta quelque chose de dur, le manche d'une fourche enfouie dans le foin, jusqu'aux dents.

Françoise tomba sur le dos ; ses bras battirent l'air.

Elle sentit toute sa colère se dissoudre comme un fondant, et, fixée par la poule sérieuse, partit d'un rire prolongé.

C'était doux comme un lit de plumes, plus doux. Le foin la chatouilla de toutes ses pointes, jouant avec elle, la cernant, guetteur, prompt à surprendre un bout d'oreille. Elle se refournait d'une joue sur l'autre, se sentait une pelote dans chaque main, et, quand elle remuait les mollets, ses bas s'emplissaient d'aiguilles à tricoter. Elle fermait les yeux, les rouvrait, apercevait la poule toujours grave, absorbée, et criait encore, convulsive à force de rire :

— Poule, poule ! Oh ! la mâtine !

Vraiment elle prenait une douche de foin. Des poutres descendait une cascade d'herbes sèches. Des vagues lui tombaient sur les bras, sur le front, comme si le « foineau » fût changé subitement en une sorte d'étang onduleux. Elle ne voyait plus que de temps en temps, et par des éclaircies, la poule immobile. Les flots de foin coulaient régulièrement. Tout à coup, le rire de Françoise fut cassé net.

Le fils de Mme Lérin était agenouillé près d'elle.

— Comment, c'est vous, monsieur Émile, c'était vous !

Elle n'en revenait pas de le trouver là, tout contre, sans qu'elle l'eût soupçonné, monté du foin ou tombé des tuiles par enchantement. Il souriait d'un air embarrassé et mâchait un fétu. Avec la fourche il continuait de lui couvrir, comme d'un drap de foin, la poitrine, les jambes, tout le corps.

— C'est la poule, dit Françoise ; je suis tombée, mais je me relève, monsieur Émile.

Elle fit un effort vain.

— Allons, voilà que je ne peux plus, maintenant !

Elle recommença de rire de bon cœur, les bras tendus.

— Non, j'y resterai, bien sûr !

M. Émile jeta sa fourche en haut du « foineau » et prit les deux mains de Françoise. Elles étaient grasses, moites. Il se raidit, le corps en arrière, les genoux arcs-boutés, la souleva. Mais il dut lâcher tout. On était mal « parti » et Françoise retomba.

— À une autre ! dit-elle.

M. Émile reprit les deux mains. Longuement il en écartait les doigts pour y accrocher les siens, tentait un essai par les poignets, mais cela glissait trop, et il revenait aux doigts après un arrêt à la paume.

— Une, deux : y êtes-vous ?

Il y était, l'étreignait, l'étouffait, l'embrassait, et la baisait avec violence, très vite, sans un mot.

Du coin où M. Émile l'avait lancée, la fourche se précipita, ses trois dénis aiguës en avant, et le mordit. Il ne put retenir une plainte et, d'un revers de main, la rejeta plus haut encore.

Elle revint, mais hésitante, au moyen d'une glissade, sournoise, les dents toujours ouvertes, arriva sans bruit, inattendue, surprenante.

Cette fois ce fut Françoise qui cria, meurtrie dans toute sa chair.

M. Émile repoussa la fourche avec tant de force, qu'elle enfonça dans le foin ses trois dents, profondément, et toute droite, se tint tranquille, comme une bête hargneuse matée.

La poule dans son nid demeurait indifférente, tout entière à son œuvre.

Autour d'eux, l'infini travail du foineau se continuait. L'univers des brins de paille et de foin bruissait faiblement, comme une chute de grésil. Aux tuiles, aux lattes, aux poutres, avec entêtement, les araignées accrochaient leurs délicats jeux de patience. Quelques-uns se fondaient en une seule tente fine, sans pli et sans déchirure. Des toiles isolées semblaient des débris de papier décollé par l'humidité dans une chambre inhabitée. Une araignée solitaire glissait sur son filet, défiante, l'allure oblique. Une hirondelle entra, fusa, enleva la toile et l'araignée et sortit, d'un trait.

Soudain la poule, prise d'effarement, donna des coups de bec dans le vide et, avec un lourd déploiement d'ailes, caquetante, franchit les deux corps enlacés et s'en alla tomber en pleine cour. Une de ses plumes égarée, entraînée par le sillage de l'air, tourbillonna molle, fut saisie par les doigts invisibles du vent, s'anima, monta et s'évanouit, envolée comme un oiseau, vivante.

Françoise dressa la tête. Mme Lérin appelait :

— Françoise, Françoise, où êtes-vous donc ?

— Voilà ! voilà !

Mais hébétée, elle ne bougeait pas, serait restée là, quand M. Émile, bien avisé, grimpa jusqu'au nid de la poule, y plongea la main, prit l'œuf et le tendit à Françoise.

Elle descendit rapidement l'échelle.

— Qu'est-ce que vous avez donc fait, dit Mme Lérin, que vous êtes couverte de foin ?

— C'est plein d'œufs, là-haut, dit Françoise : j'en ai même cassé un. Tenez, voilà l'autre.

Elle crut remarquer que Mme Lérin persistait à la regarder singulièrement.

— Ça doit se voir, pensa-t-elle.

Mais Mme Lérin, soupesant l'œuf, et le mirant au soleil, lui dit d'un ton naturel :

— Il faut faire attention, Françoise. Les œufs sont rares, cette année, bien plus rares que l'année dernière. Ils n'ont jamais été aussi rares.

DEUXIÈME PARTIE
LE SEAU

À Eugène Bosdeveix.

Cette nuit, on a crié dans le jardin, et ce matin, vers cinq heures, sûr de la présence du soleil, je saute du lit pour aller voir. Mon père et ma mère dorment encore, ainsi que Françoise, notre bonne, assez paresseuse depuis quelque temps.

Je voudrais me rappeler les cris, ou plus exactement les plaintes, mais je ne suis pas de ces personnes douées, auxquelles il suffit d'entendre un air une fois pour le retenir. Il ne résonne dans ma mémoire que des bruits vagues, légers comme des œufs vides.

Je parcours lentement le jardin et cherche des traces de pas.

Les allées sont trop sèches. De nombreux fils blancs les traversent. Cependant l'une d'elles en a moins que les autres, et ceux qui lui restent semblent avoir été tendus rapidement à la dernière heure.

Je prends cette allée et m'interroge sur l'utilité de tous ces fils.

Les araignées les sécrètent-elles pour y suspendre leur linge ?

Du linge d'araignées !

Mon imagination va bien aujourd'hui et me fait espérer d'importantes découvertes.

D'abord, je note qu'un poirier a quelques-unes de ses branches cassées.

Est-ce par un animal, une chèvre ?

Mais une chèvre bêle et ne crie pas.

En outre, elle aurait brouté les branches.

Par un voleur ?

Je sais le nombre des poires : vingt-huit. Aucune ne manque. Elles brillent de rosée. On les embrasserait comme des joues. Dans deux ou trois semaines elles seront bonnes à cueillir.

Je ramasse des brindilles parmi les fraisiers. Ce n'est pas une personne distraite qui les a brisées. Elles ont été mordues comme afin de calmer une douleur, une grosse rage de dents par exemple. Moi, je mangerais des feuilles !

À la quantité de brindilles mâchées je devine qu'on souffrait beaucoup et qu'on est demeuré longtemps près du poirier.

Un peu plus loin *elle* s'est appuyée contre un autre arbre, haut pommier dont les petites pommes grises apaisent, en été, mes plus fortes soifs.

J'ai dit *elle* parce que l'écorce a pincé entre deux écailles un long cheveu de femme blond. Je préférerais un cheveu noir ou châtain, et j'éprouve un commencement de trouble.

Au delà du pommier, la trace des pas devient visible. La marche s'appesantit. Le pied reste longtemps posé sur le sable, le marque avec netteté, s'en détache péniblement, et les empreintes se resserrent, se touchent presque.

J'arrive à l'extrémité de l'allée. Elle se perd dans un épais bouquet de noisetiers sous lesquels j'ai disposé, pour mes siestes, des fagots en forme de fauteuil. « Fauteuil » n'est pas de trop, tant ce siège me plaît, tant je m'y trouve commodément aux grandes chaleurs.

C'est là qu'a dû se passer la chose.

Les fagots sont bouleversés comme les couvertures d'un lit, après une nuit agitée. Des mousses, de l'oseille, des œillets, ont été arrachés par poignées, et le sol, rayé de coups de talons, humide çà et là, n'a pas encore bu tout le sang répandu. J'examine les lieux de près, en détail, accroupi, et machinalement je relève les brins d'herbe foulés, j'efface des souillures ; du plat de la main je caresse, j'égalise la terre.

Car j'ai beau ne pas vouloir comprendre, il y a longtemps que je comprends.

Les certitudes m'arrivent par bandes, importunes, trop hâtives. Vivement intéressé, je déchiffre la série des indices à première, vue, reconstitue la scène, et me souviens du mois, du jour où, frappant d'un doigt mon épaule, Françoise m'a dit, brusque :

— Vous savez, je suis prise !

Jamais elle n'a osé me tutoyer. Elle n'était point de ces paysannes qui s'enorgueillissent d'un bourgeois.

Je rarrange le fauteuil, puis, m'étant éloigné de quelques pas, je reviens en indifférent qui se promène, par hasard, devant les noisetiers, sans penser à mal, et je me persuade que l'endroit a son air naturel de tous les jours. D'ailleurs, des chats ont pu se battre là, un chien vagabond s'y rouler.

Je regarde le soleil lent à monter, et j'écarte mon ombre afin qu'il puisse vite chauffer les traces mouillées où ça patouille et brûler ce qui tire l'œil. Au fond, je ne suis pas à mon aise du tout.

Après, la lutte contre la souffrance terminée (on dit que c'est un vilain quart d'heure), qu'a-t-elle fait ?

Il faut que je continue à comprendre malgré moi.

Ma lucidité m'effraie. Je n'ai qu'à suivre cette allée comme, sur une carte, une ligne pointillée au crayon de couleur. Je la ratisse avec soin, en tous sens, et me voilà au puits. Mes jambes reculent, mais je maintiens énergiquement les fuyardes, tandis qu'une lumière blessante m'entre au cerveau.

Françoise n'a pas jeté le petit. Elle l'a mis dans le seau de fer-blanc et elle l'a descendu doucement, à cause de la poulie grinçante, maternellement. Puis elle a perdu la tête. Elle n'a pas eu le courage de remonter le seau. Il pend là-bas, au fond. La chaîne oscille encore à mes yeux brouillés, déroulée tout entière, et la poulie n'a retenu que le dernier anneau plus gros que les autres.

Je le saisis et je tire. Plus j'approche du bord, plus c'est lourd. Je tire sans regarder, avec la peur de ramener...

Je lâcherais tout.

Rien !

Le seau, comme tous les seaux, a bien fait bascule en touchant l'eau, et le petit est loin. Je noue la chaîne, et me penche, poussé dans le dos, sur la margelle. J'ai un instant la tête enveloppée de glace.

Un morceau de ciment se détache, perce des couches vibrantes, emplit le puits de sourdes clameurs. Longtemps je prête l'oreille.

Je me redresse, le front rafraîchi. Je songe soulagé : « Françoise a tué, elle se taira. »

C'est très gentil de sa part. Le reste me regarde. D'abord, je veux qu'elle se remette, et je demanderai pour elle, à ma mère, huit jours, quinze jours de repos. Maman ne me refuse rien. Elle prendra une femme de ménage, en attendant que Françoise se rétablisse. D'ailleurs, s'il faut l'avouer, je pense que maman ne sera pas plus gênante qu'une complice discrète.

Tout de même, j'ai de la veine, et l'affaire aurait pu mal tourner. Mais ne recommence pas, l'ami ! passe pour une fois, hein !

Tranquillisé peu à peu, innocent, je regarde devant, derrière moi. L'allée est propre, en ordre ; mon âme aussi. Je ne compte plus qu'une ou deux inquiétudes menues. Ainsi, je devrai, à moins que je ne trouve un prétexte, boire à table de l'eau du puits, sans dégoût. En outre, quelle attitude aurai-je en présence de Françoise, à notre première rencontre, à notre confrontation ?

Baissera-t-elle les yeux ?

Il est sept heures. Mon père et ma mère s'éveillent et Françoise, épuisée, choisit les mots qu'elle va dire pour qu'on la laisse au lit. Je n'oublierai pas de sitôt les deux heures d'émotions successives qui viennent de s'écouler, et j'ai un grand besoin de plein air, de recueillement.

D'ordinaire, par ce soleil, les poissons courent à fleur d'eau, sautent, gueule ouverte, sur les mouches, et se régaleraient même d'amorces artificielles. On pêcherait fructueusement ce matin. Je connais un coin, près des framboisiers où, par toutes ses gouttières, le chaume entretient une fraîcheur salutaire aux petits vers jaunes.

J'empoigne une pioche, la soulève haut, les bras raides, l'abat, et du premier coup, je déterre un chiffon mou, une loque rouge et boueuse, indigne de pincettes, l'enveloppe gluante de mon plaisir dépouillé, pareille aux papiers gras d'un déjeuner sur l'herbe... *le délivre !*

LES DEUX CAS DE M. SUD

LA PETITE MORT DU CHÊNE

À Louis Baudry de Saunier.

— Mais, se dit M. Sud, pourquoi n'as-tu pas tiré ?

— J'ai oublié, se répondit M. Sud avec simplicité.

Il ne se gourmanda point davantage, et suivit de l'œil les perdrix qui se posèrent là-bas, dans un carré vert.

— Bien ! dit M. Sud ; elles sont à moi !

Il fit le geste d'appuyer son index sur l'endroit, exactement. Il portait son fusil par le milieu, d'une main, les bras écartés, marchait en levant haut ses courtes jambes, et s'efforçait de maintenir derrière lui Pyrame, un vieux chien de location, d'ardeur modérée.

Arrivé au carré vert, M. Sud se baissa, cueillit une plante et demeura quelque temps rêveur. Était-ce de la luzerne ? Était-ce du trèfle ? Parisien têtu, il ne les distinguait encore que malaisément. Comme il se relevait, il entendit les perdrix « bourrir et cacaber ». M. Sud avait trouvé dans un livre de chasse et retenu, pour de fréquentes citations, ces deux termes d'une sonorité étrange.

— Elles m'ont surpris, les diablesses ! j'ai encore oublié de tirer, dit-il.

Les perdrix, l'une d'elles en tête et guide des autres, emportaient au loin leur lourde traîne pendante. M. Sud les regardait avec un bon sourire, admirait leur vol comme un feu d'artifice, et tortillait son brin de trèfle ou de luzerne. Elles passèrent la rivière, désunies un instant par les branches des saules, et tout de suite, presque au bord, se remisèrent hors de danger.

— Voilà qui n'est plus du jeu, dit M. Sud. Je n'ai pas de pont sous le pied, moi. Décidément, les malignes refusent le combat et me narguent !

Il s'imaginait caché dans le ventre d'une vache artificielle. Les perdrix se rapprochaient, confiantes. Un bras de fantôme sortait pour les ramasser une à une. Il leur cria ce mot d'esprit :

— Bonsoir, la compagnie !

Et, vengé, incapable de leur en vouloir, il ne les regretta même pas, tout aise d'échapper à des nécessités cruelles. Il se promena en pleine verdure, s'y rafraîchit les cuisses, y trempa ses fesses même, au moyen de brusques flexions. Il caressait aussi sa belle barbe blanche, et le cordon de son lorgnon dessinait sur le plastron de sa chemise une fourche fine.

— Vais-je rentrer bredouille ?

Heureusement, des alouettes tireliraient dans tous les sens. Que n'avait-il, au lieu d'un fusil, un filet à papillons !

D'abord elles tournoyaient, incertaines de la route à suivre, puis s'élevaient lentes et grisollantes, sans doute en quête de miroirs. M. Sud fit la remarque que toutes montaient vers le soleil, le long de ses rayons, comme suspendues au bout de fils d'or qu'on pelotonne. Quelques-unes allaient certainement jusqu'aux flammes, pour s'y perdre, s'y rôtir, et M. Sud, la nuque douloureuse, la bouche ouverte, les yeux brouillés, espérait leur chute.

— Il faut pourtant que je les tire !

Au cul levé, c'eût été hasardeux. Il préférait s'en désigner une et la voir s'abattre, se motter, là, entre ces deux taupinières. Il s'avancerait sur elle, le fusil à l'épaule, et viserait un peu en dessous, pour ne point l'abîmer. Violemment étourdie, elle n'aurait plus que la force de sauter dans la gueule de Pyrame. Mais l'alouette était couleur de terre. M. Sud cherchait en vain la petite robe grise imperceptible, fondue. Il piétinait, tournait sur place, s'égarait comme quelqu'un qui vient de laisser tomber une pièce d'argent.

Il s'assit quelques minutes, afin de souffler, de renouer les cordons de ses guêtres et les nombreuses ficelles de son costume. Toutes les taches roses de son teint d'homme savamment nourri s'étaient rejointes et n'en formaient qu'une. Il s'épongea, se sourit dans une glace minuscule, fier de lui, et assuré de faire plus tard une belle conserve.

— N'aurai-je pas l'occasion de décharger mon arme ?

Il l'ajustait contre sa joue, trouvait enfin la mire, et, pour terminer, étudiait de nouveau les incrustations de la crosse, ces damasquinures si riches qu'elles semblaient garantir l'adresse du chasseur.

— Certes, j'ai là un objet d'art, un fusil de luxe, quoique de précision. Mais part-il bien ? J'en ai connu qui ont éclaté.

De grosses pierres le tentaient à cause de leur immobilité. Toutefois elles étaient par trop mortes, tandis qu'un arbre a de la sève, presque du sang. Il fit choix d'un chêne sérieux, vivace, trapu, isolé au milieu d'un champ et dont l'aspect devait épouvanter, la nuit. L'écorce, comme une vieille manche au coude, s'en était çà et là usée à la râpe des garrots que les chaleurs démangent. Tout autour du tronc, les sabots avaient battu, aplati le sol, et, pour n'être que des chevaux paysans, n'en empêchaient pas moins les herbes d'y pousser.

M. Sud calcula ses distances, car les plombs tantôt s'écartent et passent, les uns à droite, les autres à gauche, tantôt par répercussion peuvent vous blesser grièvement.

Debout, il doutait de lui-même et craignait le recul. À plat ventre, il n'apercevait plus le chêne. Il adopta donc la solide, confortable position du tireur à genou. Il épaula non sans méthode, point pressé, grave et pâle. Le canon du fusil, d'abord vertical, s'inclina, se coucha sur le plan de tir.

M. Sud était agité de petites secousses, éprouvait des palpitations légères. Il transformait l'arbre en bête, en homme. Est-ce vrai, ce qu'on raconte, qu'une forte détonation peut décider la pluie ? Il patienta, attendit le calme de ses nerfs et le silence de son cœur. Il voulait éviter l'à-coup, ne lâcher la détente, celle de gauche bien entendu, comme toujours, qu'après une pression graduée, tendre, interminable. De temps en temps, il risquait un coup d'œil : au bout d'une allée d'acier éclatante, la mire se dressait ainsi qu'une borne. Au delà s'étendait un espace vide, glace sans tain. Enfin le chêne apparaissait, trouble, mouvementé, remuait toutes ses feuilles inquiètes comme une multitude d'ailes, et gémissait, oscillait dans un doux et long effort pour s'éveiller de sa torpeur mortelle.

Pyrame, en arrêt d'étonnement, faisait avec sa queue des signes discrets.

LES CHARDONNERETS

À Lucien Priou.

M. Sud regardait les chardonnerets tantôt se poser sur le peuplier, et tantôt joncher la terre, comme une bande de fleurs volantes. Sans doute, il en désirait un pour le mettre à sa boutonnière. Longtemps il attendit qu'ils fussent bien en tas, irrésolu dès que l'un d'eux s'écartait.

Soudain, dans un accès de férocité et de bravoure, il déchargea son beau fusil, en détournant la tête.

Quant il revint à lui, son chien Pyrame mangeait les chardonnerets morts. Quelques autres, blessés à peine ou étourdis, échappaient aux happements de la gueule. M. Sud les ramassa et les mit dans sa poche, tout fier.

Ainsi, il avait tué : grâce à lui, là, des plumes s'étaient éparpillées ; la terre buvait du sang ; des cervelles se répandaient, blanches comme du lait d'herbe à verrues. Et si, malgré ces preuves, un incrédule doutait encore, il suffirait, pour le convaincre, de dire à Pyrame :

— Montre ta langue !

— Je veux garder la douille de ma cartouche ! se dit M. Sud.

Il s'en alla. Il éprouvait le besoin de marcher vite et droit. Il avait hâte de rentrer à la maison et de retourner sa poche, tous ses amis assemblés.

Il entendait cette exclamation : « Fameux coup ! » et répondait, modeste : « Vous êtes trop aimable, j'ai eu de la chance. Merci. La prochaine fois je ferai mieux ! »

Il se flatta la barbe comme il faisait toujours à chaque contentement. Jamais elle n'avait été plus élastique. Il la soulevait haut, par les deux pointes, et la laissait ensuite retomber, écarter toute sa neige sur sa poitrine d'homme. Les chardonnerets remuèrent. M. Sud en prit un, avec des précautions, et l'examina pour voir comment c'était fait.

Le chardonneret avait la tête rouge, les ailes jaunes et brunes ; l'une d'elles, cassée, pendait. La mobilité de son bec et de ses yeux était l'unique signe de sa souffrance fine. Mais une remarque, entre toutes, frappa M. Sud. Cette miniature d'être ne lui faisait pas l'effet d'une « pièce de gibier ». Il croyait soupeser un fragile objet d'art, fini au point de donner l'illusion de la vie. Il mania les chardonnerets les uns après les autres, et tous le troublèrent par leur effarement menu. Ses impressions tournèrent comme des roues folles. Il s'imagina penaud, et non plus triomphant, sous les regards de ses amis, et il écouta les fous rires des coquettes petites filles, déjà femmes par le don de se moquer.

— Oui, se dit-il, j'ai fait un beau coup. Quelle honte !

Il ralentit le pas. En ce moment, le chardonneret qu'il tenait s'envola, hésita un peu en l'air, étonné de se sentir libre, et partit. Cette espièglerie réjouit M. Sud :

— Celui-là n'avait pas trop de mal, dit-il. Les autres l'imiteront peut-être !

Il les percha tour à tour au bout de son doigt, avec des paroles encourageantes. Mais, désormais incapables d'essor, ils retombèrent au creux de la main.

— Qu'en faire ? se demanda M. Sud.

Il ne songea pas à les élever dans une cage bien aménagée.

Il s'assura que personne ne pouvait le surprendre, regretta de ne point se trouver derrière une porte dont le verrou serait poussé, et déposa délicatement les chardonnerets au bord de la rivière. Le courant félin les saisit, noua, comme avec un fil, leurs ailes à peine battantes, les emporta. Vraiment, ils furent noyés sans avoir lutté plus que des mouches.

— Vois-tu, dit M. Sud à Pyrame, je préfère, décidément, la pêche à la chasse. Les poissons, ça n'a pas l'air de bêtes. Ils n'ont ni poil, ni plumes, et meurent tout seuls, quand ils veulent, sur le gazon, dans un coin, sans qu'on s'en occupe. Assez de carnage ! À partir de demain, nous pêcherons : tu porteras le filet !

Ensuite, M. Sud jeta sa douille de cartouche, moins précieuse, maintenant, qu'un bout de cigare éteint, et comme son pantalon en velours gris-souris était taché de sang, il trempa dans l'eau son mouchoir et s'efforça — ainsi qu'un criminel — de laver et de frotter les gouttes rouges qui reparaissaient toujours !

HISTOIRE D'EUGÉNIE

LE RÊVE

À Alfred Swann.

Mlle Eugénie Lérin se demande, en s'éveillant :

— Où suis-je ?

Il lui faut reconstituer, détail à détail, la chambre, faire la reconnaissance des objets familiers, se déclarer :

— Voici la pendule et voilà le paravent. En face : les fenêtres !

Elle s'est donc grisée ?

Elle se croit, au cerveau, une pelote de glu, où toutes ses idées sont collées comme des pattes de mouche :

— Qu'est-ce que j'ai fait, sans le vouloir ?

Elle bâille, boursoufle l'édredon, tente de se rendormir, sur le ventre, sur le dos. Elle compte au plafond les taches de plâtre, et presse ses tempes entre ses pouces, comme pour faire jaillir le souvenir hors du front :

— Tiens, tiens, tiens !

Parfois ses lèvres s'avancent, en suçoir, aux succulents passages du rêve.

— Fameux ! que serait-ce, si c'était pour de vrai ?

Un instant, elle prend la pose dite en chien de fusil, croise ses doigts et ramène ses genoux au menton. Puis elle se détend, s'assied sur le lit, et met le premier bas, sans hâte, paresseuse.

Et tandis que la soie, toutes ses mailles titillées, fait ses délices de la peau, la jeune fille penche encore la tête, s'attarde à écouter, entend distinctement des choses, à gauche.

Elle a une tourterelle dans le cœur !

LE MOINEAU

À A. Collache.

On frappe aux carreaux. Ils ont « pris » cette nuit, et le givre les a géométriquement fleuris.

Toc ! Toc ! Il semble qu'on enfonce de petites pointes dans du verre.

— Je sais ce que c'est, dit Mlle Eugénie. Aussitôt, elle se lève. Elle doit être bonne et tendre, car ses jambes semblent bien vilaines, inaccordables, et ses pieds, larges et plats, traînent sur le tapis, comme des savates. Elle a les chevilles trop en relief, des doigt chevaucheurs, des mollets dégorgés, et, aux épaules, des salières telles qu'il faudrait mettre du poivre dedans pour exciter quelque homme.

Heureusement, par ces temps durs, son cœur se fend comme les pierres. Elle entr'ouvre la fenêtre. Le moineau saute sur son doigt. Elle lui sert un déjeuner intime de miettes et de graines.

— Quand on pense qu'il a passé la nuit dans la rue !

Elle le flatte, l'embrasse et lui écrase du pain dans de la salive.

En chemise, elle grelotte à fleur de peau et brûle d'un feu caché. Par une fente de la croisée, la bise siffle sa nudité de laide ; mais la conscience du devoir accompli croît en Mlle Eugénie, s'élargit, s'enfle, et, comme un ballon intérieur, la soulève et la porte, un instant suspendue, planante.

— Ah ! moineaux crottés, moineaux va-nu-pieds, que Dieu misérablement abandonne, venez à moi, en foule ; j'ai de la charité pour tous vos appétits.

Pit ! Pit ! Le moineau mange, comme s'il avait été apprivoisé par M. Theuriet lui-même.

Et ces petites bêtes ne sont pas ingrates. Il est évident que nos prières montent au ciel, roulées en cigarettes sous leurs ailes chaudes. La recommandation d'un oiseau vaut, pour le moins, son pesant de plumes.

Elle divague, la chère jeune fille ! Elle en est à ce point de l'attendrissement où l'on s'imagine qu'on va parler en vers.

Déjà elle touche le prix de sa bonne action en vœux entendus, en souhaits réalisés.

Voilà qu'elle pleure un peu !

Fût ! Fût ! La queue, les ailes remuantes, le moineau rassasié se perche au bout de l'index, fait bec fin et ventre plein, et, avant de s'envoler au-dessus des toits éclatants de blancheur pure, vers les froides couches d'air irrespirable, il laisse, comme solde, à Mlle Eugénie, au creux de la main, entre la ligne de vie et la ligne de prospérité, une crotte.

LE BEAU-PÈRE

À Alcide Guérin.

L'unique fenêtre de la chambre à coucher donne sur le jardin. Mlle Eugénie écarte, en éventail, des plumes de paon dans un vase.

Depuis longtemps, il est question d'un mariage pour elle. M. André Meltour, de Saint-Étienne, la trouve à son goût, et rondement, bon commerçant, presse les choses.

En visite, ce matin même, il se déclare à M. Lérin, au soleil, près de la petite barrière blanche.

Adroitement, il a commencé par le complimenter sur l'entretien des allées, et par lui poser, avec intérêt, quelques questions d'horticulture.

— Qu'est-ce que c'est que ça, monsieur Lérin ?

— Comment ! à votre âge, vous ne connaissez pas encore les oignons ?

La fenêtre est entr'ouverte et Mlle Eugénie entend nettement. Tantôt elle se blâme d'écouter, et tantôt elle chasse, comme des mouches, les scrupules entêtés à revenir.

— Oui, mon cher monsieur Lérin, dit-on, Saint-Étienne est une ville d'aspect sale, fumeux. Le soleil paraît jaune. Les fleurs, qu'on fait venir à grands frais, se fanent incontinent. Il semble que les ruisseaux roulent du charbon délayé. Mais, prenez quelques gouttes de cette eau noire dans le creux de votre main, les voilà claires, limpides et pures : Est-ce comique ? Il sort de Saint-Étienne les rubans les plus doux à l'œil et au toucher et jamais une épidémie n'y est entrée. Concevez-vous ? En vingt-cinq jours, comme aux sources vantées, une femme délicate pourrait y restaurer sa vigueur.

C'est un coup droit. M. Lérin ne semble pas touché. Il songe à l'eau noire claire et ne la voit pas bien.

— Non, je ne la vois pas bien.

— S'il vous plaît ?

— Vous êtes donc sourd ? je vous dis que je ne vois pas votre eau.

— Les savants, répond M. Meltour, donnent leurs raisons diverses. En tout cas le phénomène n'est pas niable. Mlle Eugénie le notera.

— Singulier !

— J'irai plus loin, continue M. Meltour, dont la langue prend le trot, l'air chargé de Saint-Étienne, que de grands chimistes parisiens ont analysé, par sa composition même, est préférable à tout autre air.

— Mais, si je vous entends, vos fleurs se fanent incontinent.

— Tandis que les femmes… Monsieur Lérin, vous êtes galant ! mais nous sommes gens assez fins pour répondre à tout. Les femmes sont les rivales des fleurs : ainsi la contradiction s'explique.

M. Meltour, satisfait, rit. Mais M. Lérin se garde de sourire.

— Votre soleil est jaune ?

— Tout jaune, sans éclat. Mlle Eugénie ouvrira peu son ombrelle, je vous en avertis.

— Elle va donc à Saint-Étienne ?

— J'ose espérer que si j'ai le bonheur d'en faire ma femme, elle me suivra partout, comme le code le lui ordonne.

— Vous voulez donc vous marier ? demande M. Lérin.

M. Meltour se découvre et, doucement, passe la main sur ses cheveux rares :

— Je crois qu'il est temps ; n'est ce pas votre avis ?

— Oh ! des fois, ça repousse, dit M. Lérin.

— Je suis un homme, répond M. Meltour, je me dis la vérité à moi-même, et je ne compte que sur l'indulgence de mademoiselle votre fille.

— C'est donc avec ma fille que vous voulez vous marier ?

— Monsieur Lérin, vous vous moquez !

— Ah !

Ces messieurs se taisent. Les plumes de paon tremblent entre les doigts de Mlle Eugénie. Elle attend, ses yeux dans leurs yeux, quand soudain M. Meltour parle ferme et bref.

— Eh bien, que dites-vous ?

— Moi, rien. C'est votre affaire.

— Comment cela, cher beau-père ?

— Tenez, finissons, fait M. Lérin. Vous voulez épouser ma fille, et, la connaissant mal, vous me demandez à moi quelques renseignements. Je n'en ai point à vous donner.

Est-ce que je sais quelle femme sera ma fille ? Vous m'êtes sympathique comme un homme qu'on a rencontré trois fois, c'est-à-dire indifférent ; je vois votre embarras ; si vous faites une sottise, vous direz : « On m'a trompé ! » et, si vous tombez bien, vous applaudirez seul, en vantant votre bon goût. Tout est possible. Monsieur. On a vu des gens heureux. Le serez-vous ? Qui le prédirait ? Pas moi. Vous hésitez. Il vous faudrait quelques conseils, un coup d'épaule. Ah ! si je vous souriais, vous appelais du geste comme un petit qui apprend à marcher !... Mais je reste là, incohérent, de bois, et, pour me corrompre, vous me nommez : « Cher beau-père ! » Je me retiens solidement de vous répondre : « Mon gendre ! »

Monsieur, j'ai passé l'âge où l'on s'attendrit. Mariez-vous. Dans une vingtaine d'années, quand vous aurez fait vos preuves, je me réjouirai et vous féliciterai. D'ici là, je me montrerai froid, et, n'était l'ennui d'aller à la messe, j'assisterais sans souci à votre aventure. Donnez quelques sous au curé pour qu'il fasse vite, car, à la campagne, les églises manquent de confortable.

Oh ! Monsieur, vous êtes dans une situation pénible, Je ne vous plains pas, mais il vous en arrive une bien bonne. Franchement, je n'y peux rien. Parlons d'autre chose, voulez-vous ?

Il conclut :

— Je veux arracher, pour notre déjeuner, deux ou trois radis noirs. Les aimez-vous, les radis noirs ?

— Oui, dit M. Meltour, surtout quand ils sont blancs.

Les plumes de paon, élégamment ordonnées, rayonnantes, baignent dans du soleil leurs aigrettes nuancées et leurs yeux cerclés de couleurs vives. Mlle Eugénie, tout oie, sanglote, et comme elle n'a pas beaucoup de poitrine, ses grosses larmes tombent par terre, verticales.

IL FAUT QU'UNE PORTE SOIT FERMÉE

À Fernand Vanderem.

Eugénie. — Vous ne voulez pas que j'entre ?

Émile. — Chère madame, je suis désolé ; j'ai un monsieur, un directeur. Nous causons sérieusement. Il s'agit de gros intérêts.

Eugénie. — Comment ? j'arrive de province ; je monte vos six étages et vous ne voulez pas que j'entre ! Vous êtes dur.

Émile. — Ma chère dame, puisque je vous dis que j'ai quelqu'un.

Eugénie. — Vous dites que c'est un monsieur, je n'ai pas peur d'un monsieur !

Émile. — Sans doute, mais il est vieux et nous sommes en affaires. Je vous assure qu'il m'est impossible de vous recevoir. Tout raterait.

Eugénie. — Je parie que ton monsieur, c'est une femme.

Émile. — Un monsieur n'est jamais une femme. D'ailleurs, entendez-vous ? il tousse.

Eugénie. — Je n'entends rien.

Émile. — Il a toussé tout à l'heure. Il ne peut pas tousser constamment pour vous faire plaisir.

Eugénie. — Ainsi, tandis que ce monsieur se carre, s'allonge dans ton fauteuil, il faut que je me tienne debout sur mes pauvres jambes !

ÉMILE. — Chut ! pas si haut ! le frotteur est dans l'escalier, qui racle. Le laitier peut venir d'un instant à l'autre, et la concierge ne fait que grimper.

EUGÉNIE. — Bon : chuchotons ! Ah ! que j'ai chaud ! Je boirais un verre d'eau d'un trait.

ÉMILE. — Si vous m'aviez écrit, je vous aurais attendue dans un café et nous aurions causé en prenant un bock.

EUGÉNIE. — Je te vois, c'est l'essentiel.

ÉMILE. — As-tu quelque chose d'important à me communiquer ?

EUGÉNIE. — J'ai à te communiquer que je t'aime toujours. Ouvre donc la porte toute grande. Je n'aperçois que le bout de ton nez dans de l'ombre. Là, bien. Tu es rasé ! Est-ce que tu t'es rasé pour moi ? Donne-moi l'étrenne de ta barbe.

ÉMILE. — Non, j'avoue que c'est pour moi. Boutt ! je me rase tous les deux jours. Boutt !

EUGÉNIE. — Oh ! ce petit baiser d'un sou. Embrasse-moi mieux que ça, proprement. — Qu'est-ce que tu écoutes ?

ÉMILE. — Il me semble qu'on a ouvert une porte à l'étage au-dessous. On nous guette. Vraiment, nous serions mieux dans la rue. Tu te compromets, et je ne veux pas que tu prennes l'habitude de t'exposer ainsi. Du reste, je ne suis presque jamais chez moi.

EUGÉNIE. — On ne me connaît pas, puisque j'arrive de province. Dieu ! que je suis lasse ! J'ai envie de m'asseoir sur l'escalier, par terre.

ÉMILE. — Malheureuse petite femme ! Je me fais un mauvais sang à te voir dans cet état.

EUGÉNIE. — Ne te tourmente pas. J'ai encore des forces. Est-ce que ton monsieur s'en ira bientôt ?

ÉMILE. — Pas avant que tout soit réglé. Tu sais : quand on a mis la main sur un vieux, il ne faut plus le lâcher.

EUGÉNIE. — Oui, je sais. Qu'est-ce qu'il dirige ?

ÉMILE. — Un journal, des théâtres, une foule de choses. Là n'est pas la question.

EUGÉNIE. — Enfin, comment s'appelle-t-il ?

ÉMILE. — Qu'est-ce que cela te fait, puisque tu ne l'as jamais vu ?

Eugénie. — C'est juste. Holà ! holà ! mon cœur, mets ta main.

Émile. — C'est vrai qu'il bat fort. Tu es montée trop vite. Il se calmera quand tu seras redescendue.

Eugénie. — Je crois qu'il a remué, ton monsieur.

Émile. — Il remue parce qu'il s'ennuie, cet homme.

Eugénie. — Encore cinq minutes. J'ai droit à cinq minutes : tu me les accordes ?

Émile. — Soit. Ton mari, M. André Meltour, va bien ?

Eugénie. — J'espère que nous n'allons point parler de mon mari.

Émile. — Parlons de ce que tu voudras. Mais par quoi commencer ? Nous n'avons que cinq minutes.

Eugénie. — Moi qui voulais te dire tant de choses ! je ne me rappelle plus rien. Te rappelles-tu, toi ?

Émile. — Moi, je me rappelle tout, notre rencontre, ses suites, ta chute, mon accident, nos peurs (avons-nous eu peur, un jour ! et cet autre, avons-nous ri ?), mon départ et tes larmes ; quoi encore ? Je relis notre beau roman, comme si je l'avais devant moi, grand ouvert, à la page cornée du meilleur chapitre. Est-ce cela que tu veux dire ?

Eugénie. — Je songe à ta première caresse.

Émile. — Je m'en souviens comme si c'était hier. Je n'ai pas besoin de t'affirmer que tout demeure ineffaçable, là, dans ma tête, et ici, dans mon cœur.

Eugénie. — Comme cela a passé vite !

Émile. — Ça n'a pas duré longtemps, mais cela a duré quelque temps et nous en avons profité. Il serait ingrat de trop se plaindre.

Eugénie. — Écoute, mon ami : mes jambes se dérobent sous moi. Prête-moi une chaise, un pliant, un gros livre.

Émile. — Sois raisonnable. Veux-tu un conseil ?

Eugénie. — Tout de toi.

Émile. — Abrège ta visite. Fais cela pour moi. Ce monsieur s'impatiente.

Eugénie. — Tant pis pour lui.

Émile. — C'est méchant de ta part. Je ne te retrouve plus. Tu ne m'avais pas habitué à cet égoïsme. Mon avenir dépend de ce monsieur. Mais que t'importe ?

EUGÉNIE. — Ne te fâche pas.

ÉMILE. — Je suis peiné, froissé.

EUGÉNIE. — Je m'en vais. C'est tout de même drôle que tu me défendes d'entrer à cause d'un monsieur. Je ne l'aurais pas mangé.

ÉMILE. — La plaisanterie est facile.

EUGÉNIE. — Je te promets de te quitter tout de suite, de te laisser à tes nombreux travaux, si tu me montres au moins le chapeau ou la canne de ce monsieur. Ça me tranquilliserait.

ÉMILE. — C'est de l'enfantillage. Qui m'empêchera de te montrer mon chapeau à moi ou ma canne à moi ? D'abord les vieux ont des parapluies.

EUGÉNIE. — Ah ! tu ruses. Tu te dérobes. Alors j'entrerai.

ÉMILE. — Chère madame, vous n'entrerez pas.

EUGÉNIE. — Brutal ! vous me faites mal aux poignets.

ÉMILE. — Naturellement. Criez, ameutez les gens ! Bousculez toutes mes quilles. Je vais être dans la nécessité de vous fermer la porte au nez.

EUGÉNIE. — Quel accueil ! Mon ami, mon cher ami !

ÉMILE. — Eh ben, quoi ?

EUGÉNIE. — Adieu.

ÉMILE. — Non, pas adieu. Ce serait trop bête. Nous nous aimons, après tout, et il est inutile de nous chagriner. Pardonnez-moi. J'ai été un peu brusque. Mais aussi, comprenez donc que mon monsieur s'exaspère. Je suis sûr qu'il marche de long en large. Donnez votre poignet que je souffle dessus. Ne craignez rien, je vous reverrai. Quand retournez-vous en province ?

EUGÉNIE. — Dame ! ce soir. Je n'étais venue que pour toi.

ÉMILE. — Retardez votre départ. Vous avez le temps. Il y a des monuments à Paris. Je vous guiderai. Fixons un rendez-vous pour demain. À quelle heure ? à quel endroit ?

EUGÉNIE. — Choisis toi-même.

ÉMILE. — C'est ça, convenu. J'y serai, sinon je t'enverrai un petit mot.

EUGÉNIE. — Tu m'aimes ?

Émile. — Mauvaise ! tu es très jolie, tu sais, ce matin.

Eugénie. — Et encore, tu me vois dans un faux jour.

Émile. — Boutt ! à demain ; compte sur moi. Boutt ! Boutt ! tiens-toi à la rampe. Ne te presse pas… L'escalier est dur.

Eugénie. — À la bonne heure ! Tu as une concierge qui cire. Fais-lui mes compliments. Au revoir.

Émile. — Oui, c'est une excellente femme. Au revoir, chère madame… ma chérie, veux-je dire !

Eugénie. — Tu vois ! Tu vois ! Ah ! j'en pleurerai !

Émile. — Comment, vous remontez ! Voilà qu'elle remonte, à présent. Oh ! mais non. Gare aux doigts ! Je ferme.

BONNE-AMIE

LA ROSE

À Edmond de Goncourt.

Bonne-Amie entra et tendit à Marcel, qu'elle aimait parce qu'il avait un prénom à la mode et qu'il écrivait dans les journaux, une rose.

— Elles sont introuvables, par le temps froid qui court, tu sais, lui dit-elle. Devine combien elle me coûte ?

— Les yeux de la tête, dit Marcel.

Il emplit d'eau le plus ventru de ses pots bleus, pour y mettre la rose.

— Ne l'abîme pas, dit Bonne-Amie. Le fleuriste affirme qu'elle peut s'ouvrir dans une chambre bien chauffée.

— Justement : voilà un bon feu ; attendons, dit Marcel.

— Et toi, quel plaisir veux-tu me faire ? demanda Bonne-Amie.

Elle s'était assise et, les pieds à la flamme, elle ajouta :

— Je ne tiens pas aux cadeaux. Un rien me suffit, une attention délicate qui touche une femme plus que l'offre d'un empire ou de grosses richesses. Je ne sais quoi. Arrange-toi. Trouve quelque chose. Il me semble qu'à ta place je ne serais pas embarrassée. J'ai été gentille. Sois mignon.

— J'ai ton affaire, dit Marcel.

Sans hésiter, il prit le manuscrit en train, et, remuant la jambe, se tapotant la joue avec une règle, se mit à lire, à haute voix, le chapitre fameux dont il pouvait dire : « Celui-là, mon vieux, j'en réponds ! »

Et c'était toujours ainsi. Les humiliations ne l'assagissaient pas. À peine avait-il répété : « Suis-je bête ! suis-je bête ! » qu'il recommençait de mendier, l'incorrigible, jusqu'à rougir, un peu d'admiration de femme.

Sa voix, éclatante dès le lancer des phrases, bientôt mollit, et, comme de coutume, au passage admirable où le mot serre l'idée si fort qu'elle étouffe, il s'arrêta, défiant, craintif, et regarda :

La jupe serrée aux chevilles, les genoux collés, les coudes au corps, les mains perdues dans les manches, Bonne-Amie avait voûté sa taille, plissé son front, rentré ses yeux et cousu sa bouche, car elle ne dit même pas : « J'avoue que mon opinion personnelle n'a qu'une importance secondaire. »

Vraiment, elle n'avait oublié que de poser sur la cheminée, à droite et à gauche de la pendule, ses deux inutiles coquillages, ses oreilles sourdes.

Tout entière, Bonne-Amie s'était fermée.

Et Marcel déjà se dépitait ; mais soudain il s'attendrit :

Dans le pot bleu et ventru, la rose s'était ouverte.

Quel émerveillement !

L'émotion oscillante, folle, Marcel reluisait de sève. Il allait encore perdre la tête, s'emballer, fourrer avec reconnaissance son nez au creux de la fleur, lorsque enfin Bonne-Amie lui dit, à temps pour qu'il pût se reconquérir et se calmer :

— Tiens ! la rose ! à la bonne heure ! le fleuriste ne m'a pas volée.

LA PRUNE

À Marcel Schwob.

Au bout de la branche pend une prune qui ne veut pas tomber. Pourtant, gonflée comme une joue d'enfant boudeur, mûre, pleine d'un jus lourd, elle est continûment attirée vers la terre.

D'une pointe de feu le soleil lui pique la peau, lui ronge ses couleurs, lui brûle la queue tout le jour.

Elle ne se détache pas.

Le vent l'attaque à son tour, l'enveloppe d'abord, la caresse sournoisement de son haleine, puis, s'acharnant, souffle dessus d'un brusque effort.

La prune remue au gré du vent, docile, dorlotée, dormante.

Une violente pluie d'orage la crible de minuscules balles crépitantes. Les balles fondent en rosée et la prune luit, regarde, comme un gros œil, au travers.

Un merle se pose sur la branche, par petites détentes sèches s'approche de la prune, lui lance, de loin, prudent, les ailes prêtes, des coups de bec en vain rectifiés.

À chaque coup, la branche mince plie, la prune recule et fait signe que non.

Elle défierait jusqu'au soufflet d'une longue perche, Jusqu'aux échelles des hommes.

Or Bonne-Amie vient à passer.

Elle voit la prune, lui sourit, se cambre avec nonchalance, penche la tête en arrière, cligne de l'œil et ouvre ses lèvres humides de gourmandise.

La prune y tombe !

Et Bonne-Amie, qui ne doute de rien, me dit, sans paraître étonnée, la bouche pleine :

— Tu vois, elle a *chédé* à mon *cheul* désir.

Mais aussitôt punie que coupable du péché d'orgueil, elle rejette la prune.

Il y a un ver dedans.

LEVRAUT

CANARD SAUVAGE

À Henri Mazel.

— Allez, Levraut, apportez donc !

Mais ces cris, poussés d'une voix forte, étaient vains. M. Mignan eut recours aux menaces et aux insultes. Levraut bondissait à hauteur d'homme ou faisait le chien couchant, ou, le nez très bas, au bord de l'eau, l'arrière-train roidi comme un arc-boutant, semblait se braquer sur le canard blessé. Parfois, il s'éloignait de son maître à l'abri d'une poussée qui l'eût culbuté dans la rivière. Le canard battait de l'aile, pulvérisait l'eau autour de lui, bien malade. Levraut, fort chien d'arrêt au poil ras, luttait contre sa peur de l'eau glacée, et, entêté, se dressait sur ses pattes de derrière, violemment. M. Mignan vit le canard s'agiter encore avec frénésie, allonger le cou, se coucher sur l'eau, et s'en aller doucement à la dérive, emporté mort par le courant. Il pensa :

— Cette fois, je suis sûr de l'avoir !

Il lança des pierres afin d'exciter Levraut au bain. Il voulut l'attirer à lui par des paroles trompeuses, en se tapotant le genou du bout des doigts. Mais Levraut gardait sa prudence et ses distances.

— Veux-tu apporter canard, chien de malheur !

Le tutoiement ne réussit pas mieux que la politesse. Cependant, le canard s'éloignait parmi les glaçons qui, réunis en flottille, brillaient comme des morceaux de vitre. Le long de l'Yonne, M. Mignan le suivit. Levraut l'imita. Cette promenade ne pouvait être bien longue et M. Mignan semblait peu inquiet. D'ailleurs, il jouissait de son beau coup de fusil : son émotion se prolongeait et des portions de son être vibraient encore. Le canard, forcément, s'arrêterait à quelque tronc. On voit des glaçons, qui offrent moins de prise, s'immobiliser au plus léger obstacle et s'échafauder les uns sur les autres. En outre, M. Mignan comptait toujours sur Levraut. C'est quelquefois une question de procédé. Ainsi, il pouvait faire semblant de ne penser à rien, siffler même entre ses dents un air sans importance, puis, brusquement, saisir le chien par la peau du cou et le jeter à l'eau.

— Une fois à l'eau !...

Mais Levraut s'arrêtait net, l'air désintéressé, prêt à fuir. M. Mignan se rendit compte qu'il n'y avait rien à faire avec cet animal-là. Tous les deux continuèrent leur marche, guidés par le canard, et M. Mignan prit le parti de l'accompagner jusqu'à sa halte.

Il faisait très doux, et la neige commença de tomber, enveloppante et fine. M. Mignan, qui portait un binocle, dut fréquemment en essuyer les verres sur la doublure de son paletot. Gras et lourd, il enjambait les échaliers, péniblement, en soulevant sa cuisse ou ses guêtres avec la main. Quand il mettait le pied dans une ornière, ou dans le creux d'un sabot de bœuf, des aiguilles de glace se brisaient avec un grésillement agaçant pour ses dents. Sur toute la rivière se répercutait l'écho des craquements sonores. Le canard se cachait derrière une touffe de joncs, un saule, une pile de bois carrée comme une table où la neige aurait mis une nappe, réapparaissait et s'évanouissait encore au plus épais des flocons, toujours loin du bord.

Du coin de l'œil, M. Mignan observait Levraut qui maintenait son allure indifférente, la queue basse, comme un chien de luxe à bouche inutile. Tantôt il souhaitait de le tenir là, entre ses deux genoux, et de lui donner des coups de poing sur la tête, sans compter, et sans pitié pour ses hurlements, les cloches du village voisin dussent-elles s'en ébranler ; tantôt il soufflait fortement et son haleine fumeuse lui rappelait d'étonnantes histoires, où, sous l'action du froid, les paroles se solidifient, dans l'air, en morceaux de glace gros comme des berlingots. Déjà une couche de neige alourdissait sa marche. Au fond, il rageait de toutes ses forces.

— Une perche quelconque serait peut-être une perche de salut !

Il tenta d'arracher une branche de saule, mais, pour une violente secousse, une brindille inoffensive lui resta dans la main. D'une nature apoplectique, il avait le sang aux joues et la neige fondante le cuisait désagréablement. Ils arrivèrent au barrage du Gautier.

— Cette fois, canard, mon ami, tu vas te cogner le nez. Finie la balade !

Pas le moins du monde ! Une pelle se trouvait levée. Le canard passa dessous, simplement et comme il fallait s'y attendre. Il disparut dans un remous, barbota quelques secondes en pleine écume, et, de nouveau, se remit à glisser moelleusement, fugitif vivant, on l'aurait juré, et certes infernal, à l'aise au milieu de la rivière s'élargissant. La colère de M. Mignan devenait un danger. Il voulait respirer, mais il ne savait quel tampon refoulait l'air hors de lui. Il s'arrêta, imité par Levraut qu'il semblait oublier, prit le ciel à témoin, et tout de suite résolu, repartit :

— J'en crèverai, dit-il, mais je ne lâcherai pas.

La neige, silencieuse et serrée, lui mouillait le nez, les lèvres, le cou, éteignant complaisamment tous les feux à fleur de peau. Elle collait sous ses pieds, doublait, triplait ses semelles, lui donnait une attitude d'échassier, jusqu'au moment où, l'une des boules désagrégée, il se déséquilibrait, soudain boiteux. Plus loin, il faisait envoler d'un peuplier une bande de chardonnerets et l'arbre semblait brusquement secouer des fleurs chantantes.

— Ça va durer longtemps, cette histoire-là !

En vérité, il crut être à la fin. Non loin de Marigny, un peu en amont du pont, une sorte de jetée naturelle précédait l'arche du centre et partageait en deux le courant. Au lieu de le suivre à droite ou à gauche, le canard maladroitement buta en plein un bouchon épineux où il resta.

— C'est pour le coup, que je te tiens, dit M. Mignan.

Le tenait-il réellement ? Une dizaine de mètres l'en séparait. Une dernière fois, il tenta de corrompre Levraut. Jamais on n'avait vu un chien à ce point apathique et morne. Aux signes de son maître, il s'écarta obliquement. M. Mignan, le regard circulaire, se mit en quête d'une longue gaule, d'une gaule de dix mètres ! Quelle naïveté ! Il fixa le canard, comme s'il voulait le cramponner de l'œil et le ramener au bord. Ses joues tremblaient. Ses lèvres se contractaient jusqu'à blanchir et se serraient à ne pas laisser passer le moindre sifflement. De grosses gouttes de neige fondue coulaient sur ses moustaches comme des larmes. Il n'imaginait aucun moyen. À vrai dire, il souffrait sans pouvoir localiser sa blessure et se sentait envahi d'une telle furie qu'il ne raisonnait plus. Comme Levraut s'approchait, il lui adressa seulement un coup de pied, incapable de recommencer la discussion. Le chien para en rompant. Toutefois, le coup de pied ne fut pas entièrement inutile, car une grosse motte de neige boueuse se détacha du soulier, vola lourdement dans l'air, comme un vilain oiseau sale, retomba, s'écrasa, s'émietta, et M. Mignan éprouva momentanément une sensation de légèreté et de bien-être qui le surprit. Mis en train, il donna de l'autre pied un autre coup, cette fois sans intention méchante et simplement pour se débarrasser de l'autre motte. Puis, le fusil en bandoulière, les mains dans ses poches, les épaules rondes sous la chute lente de la neige endormie et endormante, il continua de regarder le canard, vaguement sollicité par de multiples desseins.

En cet endroit, la rivière, profonde jusqu'au genou à peine, courait sur des cailloux plats et blancs, et à son murmure doux de glouglou de bouteille, çà et là, une pierre pointue qui perçait l'eau ajoutait la convulsion d'un hoquet. Déjà raccourcissement du jour commençait.

— Somme toute, en allant vite…

Et voilà que M. Mignan, le cortège des hésitations bousculé et mis en déroute par un seul coup de tête, se précipita, courut au canard, l'arracha du buisson et revint, titubant en homme ivre, dans l'eau résistante et souple comme le chanvre, trempé à tordre comme son canard.

Il l'avait ! mais, sans même le regarder, il le jeta à terre, d'un coup de talon lui écrasa le bec et la tête, et froidement, d'un autre coup, l'éventra.

— Tiens, tiens, sale bête, cochonnerie !

Puis il ramassa la chose rouge, et imprimant à son bras un grand mouvement de virevolte, il la lança à toute volée, bien loin dans la rivière, le plus loin possible. D'un bond, Levraut, ardent au fumet, passa par-dessus les joncs du bord, et nagea rapidement, avec un aboiement entrecoupé, vers le canard, lapant ses traces sanglantes.

LE FLOTTEUR DE NASSE

À Pierre Valdagne.

Bien que M. Mignan n'eût rien lancé et se fût contenté de faire un signe, Levraut sauta dans l'Yonne, chercha et trouva quelque chose : un flotteur de nasse. Il le happa et voulut le rapporter, mais le flotteur était solidement attaché, la nasse retenue au fond par de lourdes pierres et Levraut dut nager sur place.

— Laisse donc, imbécile, lui dit M. Mignan, tu vois bien que c'est un flotteur de nasse.

Et comme Levraut s'entêtait :

— Mon pauvre chien, que tu es bête ! Allons, lâche ça tout de suite et viens ici !

Levraut, dévoué, comprenait l'impatience de son maître et redoublait d'efforts.

— Si tu t'amuses, dit M. Mignan, reste ; j'ai le temps. Au moins, tu te seras lavé.

Il s'assit, goguenard, observa son chien et s'aperçut que l'affaire tournait mal. Levraut se fatiguait visiblement. Parfois il buvait avec un grognement sourd. Opiniâtre, il serrait toujours le morceau de bois entre ses dents. Il donnait de violents coups de tête dans le vide. Ses pattes, gênées par la corde de la nasse, par les herbes, battaient l'eau, blanche d'écume. Bientôt il n'en pourrait plus. La « bonne bête » mourrait victime du devoir.

— Fichu, mon chien ! pensa M. Mignan déjà bouleversé.

Il lui adressa des prières, des injures, lui dit qu'il n'avait jamais vu un chien aussi stupide.

— Et c'est ma faute ! me voilà propre : je noie mon chien, afin de le baigner, moi !

Espérant lui faire lâcher sa proie fatale pour une autre, il jeta des morceaux de bois à droite et à gauche.

Encore ! soit : tout à l'heure. Levraut les rapporterait, après, quand il aurait déposé celui-ci d'abord aux pieds de son maître. Et « l'intelligent animal » hurlait d'impuissance.

Comment le sauver ! Une mauvaise barque se trouvait là, couchée sur le flanc, mais amarrée, cadenassée, sans rames, à moitié pleine d'eau croupie, inutile, exaspérante.

— Veux-tu lâcher ça, oui ou non ?

Levraut répondit par une sorte de râle et roula des yeux qui implorent. Il enfonçait.

M. Mignan se raidit, arracha la barque, la mit à flot, d'un pied entra dedans, et de l'autre se poussa du côté du chien. Il avait si adroitement manœuvré qu'il put lui appliquer, au passage, deux fortes claques sur le museau.

Ainsi corrigé, Levraut enfin ouvrit la gueule d'où tomba le flotteur de nasse, et se sauva seul au bord.

Cependant, la barque s'arrêta, son élan mort, et tournoya, folle, au gré du courant. M. Mignan, mouillé jusqu'aux genoux, perdait l'équilibre, et, tandis qu'incapable de se diriger, il barbotait à égale distance des deux rives, Levraut, sur le derrière, se séchait au soleil, luisait, regardait son maître et, à son tour, lui aboyait de revenir.

LA VISITE

À Paul Bonnetain.

Le fermier Pajol tient à me faire lui-même les honneurs. Les sabots des bêtes et des hommes ont treillissé le sol de la cour et mes talons se prennent parfois dans les mailles durcies. Pajol ouvre la porte de l'écurie aux vaches, entre le premier. Des brins de paille chatouillent ses hautes épaules ; sa tête, qui touche aux poutres, servirait de tête de loup pour enlever les toiles d'araignées. Une lumière douce éclaire l'écurie. Une odeur chargée l'emplit, pique les narines.

— J'aime ce goût, dis-je. Je connais un pays où l'on sauve des malades désespérés en les soignant dans une vacherie.

Pajol ne me demande pas le nom du pays ; j'ajoute :

— Ils boivent même du purin.

— Ne vous gênez point, me dit Pajol.

Nous commençons la revue. Jusqu'au fond de l'écurie, les lignes droites des dos immobiles s'espacent comme celles d'un papier réglé et les croissants des cornes remuent. Pajol flatte de la main les vaches, et quand l'une d'elles est couchée, il la force à se lever.

— Pour qu'elle se soulage, dit-il.

Elle n'y manque pas et, entre ses fesses honorablement médaillées de fumier, laisse choir une bouse neuve qui s'étale, large et ronde, agréable à voir, à flairer, réjouissante. Je la contemple et la renifle, indétachable. Je cherche des mots techniques qui rendraient mon étonnement et me reproche de n'avoir pas encore dormi là, une nuit, sur un lit de foin, réchauffé par les haleines des vaches. Je m'y serais assoupi à la cadence des fientes tombantes et réveillé au petit jour, les paupières et les joues enflées.

— Ah ! la campagne, il n'y a que ça !

Mais la figure de Pajol s'embrume. Dans un coin de l'écurie, cinq petites taures sont rangées à part.

— On les croirait en pénitence.

— Vous ne mentez pas, dit Pajol. Elles ont fauté avec le taureau, dans le pré Sauvin.

— Si jeunes, dis-je ; il n'y a plus d'enfants !

Les taures, comme des maîtresses lasses, tournent leurs yeux stupides vers leur ventre bombé, effarées de sentir se préparer l'événement.

— Ah ! c'est un malheur, dit Pajol. D'abord, les voilà abîmées pour la vie. Puis, elles feront des veaux gentils, ma foi, des pruneaux de veaux, qu'il faudra vendre, donner tout de suite au boucher, s'il en veut.

Il les déplace, ennuyé, les gourmande et les traite de libertines.

Je colle mon oreille au flanc d'une taure et j'entends bouger l'héritier. La taure-mère, la respiration anhéleuse, penche sa tête.

— Elle n'est pas fière, dit Pajol.

— Elle sait bien qu'elle a mal fait, dis-je.

Nous l'observons ainsi qu'une coupable. Grisés de parfums lourds, nous jugeons gravement les taures, selon les règles d'une conduite spéciale aux bêtes, et le taureau, selon les droits de l'homme.

— Celle-ci est plus avancée que les autres, dit Pajol. Elle ne tardera pas de pousser sa bouteille.

Il lui soulève la queue, palpe ses reins.

— Sale bête ! s'écrie-t-il.

Et, s'abandonnant à une juste colère, il se recule, prend son élan et flanque un bon coup de pied au derrière de la taure, comme si c'était sa propre fille.

LA CAVE DE BÎME

À Catulle Mendès.

— Comme c'est noir ! dit ma grand'mère.

Mais du fond de la cave une voix lointaine lui répondit : « Ton âme est encore plus noire ! »

Les veilleurs ne teillaient plus. Papa Iaudi lui-même s'était arrêté de casser le chanvre. Les teilles chevelues pendaient sur les genoux.

— Quelle crâne peur elle a eue, la grand'mère !

— Elle a pris ses sabots dans ses mains pour courir de la Cave de Bîme jusqu'à la maison. Il y a une trotte.

— Avez-vous vu la Cave de Bîme, papa Iaudi ?

— Une fois. Il m'a fallu écarter les orties. En plein jour elle se cache et n'est pas méchante. Mais si quelqu'un passe devant, la nuit, elle l'attire, l'avale comme une gueule.

— Oh ! oh ! fit Pauline. Elle les mange, quoi !

— Pourquoi fais-tu : « Oh ! oh ! » Pauline ? Elle en a mangé de plus grosses que toi.

— Ça prend, ces histoires-là, quand on est petit, dit Pauline.

— Tu es toujours petite pour un vieux comme moi, et à mon âge, j'ai encore peur de bien des choses. Où sont les disparus du pays ? Dans la Cave de Bîme, pour sûr, égarés, perdus !

— Pauline est une libertine, dit une vieille. Sait-elle où se trouve seulement la Cave de Bîme ?

— Oui, là-bas, vers la rivière, dit Pauline. J'ai regardé dedans, moi aussi. C'est un trou, voilà tout, un puits qui n'a pas d'eau, où des grenouilles crèveraient.

— Tu as regardé dedans, la nuit ?

— La nuit, je dors, dit Pauline.

— Le jour, on fait le malin, reprit papa Iaudi. C'est la nuit qu'on a peur. On a moins peur quand la lune éclaire. Tenez, ce soir, teilleriez-vous du chanvre dans ma cour, autour de moi, paisibles, si Elle n'était pas là ?

Les veilleurs levèrent la tête du côté de la Grande Veilleuse. Ceux qui lui tournaient le dos pivotèrent sur leurs chaises. Elle était là, proche et discrète, avec sa bonne face humaine, comme venue exprès pour écouter Iaudi… Sa lumière abondante, dont profitait le ciel entier, ne fatiguait pas les yeux. Et pourtant, on y voyait très bien. On aurait lu de l'imprimé.

— J'aime mieux la lune que le soleil ! dit une femme.

Tous, fiers de pouvoir la fixer, lui sourirent, tranquillisés. Ils ne lui posèrent pas de questions. Ils la contemplaient, malgré les progrès de la science, comme une gardienne au visage plein, non comme un astre instructif, avec ou sans habitants.

Les veilleurs, d'un geste uniforme, se remirent à teiller. Les plus vieux étaient les plus habiles, mais papa Iaudi l'emportait sur tous par la vivacité de ses doigts, os menus que recouvrait une peau légère et cuite.

Les queues de chanvre semblaient chasser des mouches, et les chènevottes, brisées d'un coup sec, se prenaient aux jupes ou sautaient lestement sur les pavés. Des gamins les ramassaient et y trouvaient encore de quoi faire des mèches de fouets.

— Et elle s'enfonce jusqu'où, la Cave de Bîme, papa Iaudi ?

— Comment le savoir ? On y entre, on n'en sort plus. On prétend qu'elle traverse la terre, mais ce n'est pas prouvé.

— Enfin, qui l'a creusée ?

— Là-dessus, j'ai mon idée à moi. C'est probablement les révolutionnaires de quatre-vingt-neuf. Je ne vois qu'eux pour avoir fait ça.

— Je ne suis pas curieuse, dit Pauline, mais combien qu'elle a dévoré de gens ?

— Des tas, petite, des tas, dit papa Iaudi.

— Comment qu'ils s'appelaient ?

— Mâtine, es-tu têtue ? Vas-y donc voir, si tu ne veux rien croire.

— J'irais bien, dit Pauline.

— Une maligne ! une rude ! dirent les veilleurs.

— Oui, j'irais bien. Il ne faudrait pas me dépiter longtemps.

— Dépiton ! carcaillon ! dirent ensemble les veilleurs.

Mais papa Iaudi les calma :

— Ne tentez pas le bon diable !

— Laissez-la, papa Iaudi, elle fera trois enjambées et reviendra.

— Ah ! dépiton. Ah ! carcaillon. Ah ! c'est comme ça, dit Pauline. Eh bien, j'irai, et pas plus tard que tout de suite encore, et j'entrerai dans votre cave, et je crierai : « Coucou ! » et, si on me touche, gare ! je vous promets qu'on aura une fameuse calotte.

Debout, tremblante de bravoure, elle montrait ses poings à l'ennemi.

— Veux-tu rester ! commanda papa Iaudi.

— Non, non, j'irai ; j'irai sans lanterne même, avec la lune.

Elle partit quasi courante et la lune la suivit, réglant son allure sur la sienne. Un bruit de sabots qui s'éloignent et frappent le sol dur, résonna par tout le village.

— Gamine, dit papa Iaudi ; j'ai observé que les orphelines étaient presque toutes à moitié folles.

En réalité il n'avait guère plus d'inquiétude que les autres : au bas du village, Pauline remonterait vite, le derrière comme enflammé.

Il distribua de nouvelles brassées de chanvre aux veilleurs. Ils causèrent de choses indifférentes, la pensée souvent au bord de la Cave de Bîme. Parfois ils prêtaient l'oreille et croyaient entendre un galop de retour. Le temps passa. Quelques-uns commencèrent de bâiller.

— Elle est longue.

— Voilà une heure qu'elle est partie.

— Elle s'est assise sur le pont, pour nous faire croire qu'elle est allée jusqu'au bout. Elle y grelotte d'épouvante toute seule.

— Mais nous ne la croirons pas.

— Si, nous ferons d'abord semblant, pour mieux rire après.

— Ne la chagrinez pas trop, dit papa Iaudi.

— À cause d'elle nous serons forcés de nous coucher tard.

— Moi, ça m'amuserait de coucher dehors.

— Et moi qui n'ai pas mon châle !

— La lune nous a quittés. Je teille de mémoire.

— Si nous entrions chez vous, papa Iaudi ?

Dans la maison où papa Iaudi, économe, n'alluma pas de bougie, ils se sentaient mal à l'aise. Ils ressortirent.

— Sommes-nous bêtes, dit une femme ; je parie qu'elle est dans son lit.

Comment n'avait-on pas songé plus tôt à cette explication gaie, réconfortante et si simple ?

— Elle nous a joué le tour, dit la femme. Le temps de l'arracher de ses draps, de lui donner une fessée d'importance, et je vous l'amène.

Elle ne ramena pas Pauline.

Un homme proposa de parcourir le village, en bande.

— Tout à l'heure ! un peu de patience !

D'ailleurs, les rues s'assombrissaient comme autant de caves.

— Faisons du jour avec nos lanternes, dirent les femmes.

Elles se cherchaient, se groupaient, et visage contre visage, lanternes hautes, elles éprouvaient le besoin de se reconnaître.

— Ce n'est pas possible qu'elle y soit allée !

— Ah ! ouath !

— Et quand elle y serait allée ?

On espérait de papa Iaudi des paroles rassurantes, mais le vieillard agité ne tenait plus en place, marchait le long du mur, l'égratignait de ses ongles et urinait fréquemment, sans effort.

— Voyons, papa Iaudi, entre nous, blague à part, hein ! vieux ! répondez donc.

Il redressait sa taille pour dominer les bavardages, aux écoutes, muet. Les femmes lui secouaient ses mains qui étaient brûlantes.

— Tant pis, dit l'une d'elles, moi je descends au-devant.

Mais les hommes la retinrent :

— Pourquoi ? attendez. Vous êtes bien pressée. Et puis, c'est notre affaire !

— Voilà près de trois heures qu'elle est partie ! C'est drôle, tout de même. Entendez-vous les poules remuer ?

— Avez-vous fini de criailler, les femmes ? Qu'est-ce qu'il y a de drôle ? Elle s'amuse en route, cette fille. Elle est libre.

Et les moins troublés disaient avec un reste de confiance :

— Elle va revenir.

Et ceux qu'envahissait l'angoisse, répétaient sur un ton sourd :

— Oui, elle va revenir.

Et ceux qui déjà perdaient la tête, reprenaient d'une voix grandie :

— Naturellement qu'elle va revenir !

L'ENFANT PRODIGUE

Nous sommes dans la cour, sur deux rangs, immobiles, près de partir. L'adjudant a circulé derrière nous, visité discrètement nos baïonnettes et noté leurs taches de rouille. Le capitaine, à cheval, va tirer son sabre.

Mais un monsieur paraît et s'avance. Il est de ceux dont on dit qu'ils ont un certain âge. Il tient son chapeau à la main, et ses yeux nous semblent rouges d'avoir pleuré. Il parle au capitaine qui se penche. Il se tourne de notre côté et cherche des yeux l'un de nous. Il l'a vite trouvé, et mon voisin de droite, Lotu, murmure :

— Tiens, papa !

Le père lui crie : « Misérable ! Misérable ! » et agite le poing comme s'il voulait le jeter.

— Allons, dit Lotu, entre ses dents, d'une voix si basse qu'elle m'arrive à peine, ça commence ! Toujours le même, mon papa, il ne doute de rien. Écoutez.

Le père continue de crier :

— Tu es la honte de la famille ; tu déshonores mes cheveux blancs.

— Poivre et sel, tes cheveux, papa, poivre et sel seulement, dit Lotu en sourdine. Tu exagères. Avertis que c'est une manière de parler.

Le capitaine, étonné, ennuyé, fait faire quelques pas à son cheval et s'interpose :

— Permettez, Monsieur…, dit-il.

Notre capitaine parle doucement, car le père étant décoré, il hésite, lui qui ne l'est pas encore, à manquer de délicatesse.

— Mon capitaine, laissez-moi, je vous en supplie, lui donner une leçon, le forcer à rougir devant ses camarades. J'arrive ce matin, je trouve des dettes partout, au café, dans les restaurants. Il entretient une maîtresse. Je suis sûr qu'il découche, qu'il trompe l'armée. Honnête travailleur, j'ai élevé ce fils dénaturé pour ma ruine. S'il était seul ! mais il a des frères, une sœur. Qu'est-ce que vous voulez que je devienne, mon capitaine !

Ces derniers mots, le père les dit comme un petit enfant et grimace. La figure toute sillonnée, la bouche écartée, il mange son mouchoir. Près de moi, Lotu, raide, dont les lèvres ne remuent pas, souffle :

— Gentil, mon papa ; mignon, mon papa ! sacré papa !

— Regardez-le, dit le père. Au moins, demande-t-il pardon ? A-t-il l'air ému ? Il reste là, planté, de bois sec, sans remords, sans une larme. Menteur ! Voleur, Lâche ! Lâche !… Ch !… Ch !…

Le père étouffe. Sa gorge ne rend plus que des sifflements. Il tend les bras, et ses deux mains palpitent ainsi que des ailes.

— Il m'envoie sa malédiction, dit Lotu. Je comptais dessus. Mais je n'entends rien. Je suis trop loin.

Et soudain, Lotu sort des rangs, si surprenant que le capitaine oublie de crier : « Saisissez-moi cet homme ! »

Le cheval abaisse, relève brusquement la tête et marque à coups de sabots son impatience. Nous souffrons de ne pouvoir allonger le cou. Les uns ont pitié, les autres envie de rire ; d'autres ont peur.

Du pas franc d'un soldat qui parade, Lotu marche droit, s'arrête, et, beau modèle d'attitude militaire, les talons joints, son fusil bien en mains, l'Enfant Prodigue, gravement fou, présente les armes à son père, dont les bras, comme blessés, retombent.

AVRIL

LA CARESSE

À Jean Richepin.

I

Avril aussi s'approcha des parieurs. C'était un soldat doux et bleu, qui n'eût pas fait aux autres ce qu'il ne voulait pas qu'on lui fît. Il pensait avoir conquis la chambrée par ses sourires, son air de s'intéresser à tout, et la docilité avec laquelle il épluchait les pommes de terre. Il ne mangeait point à la gamelle, mais il y goûtait quelquefois.

— Ma parole ! disait-il, c'est meilleur que ce qu'on me sert à la cantine.

Il semblait n'y prendre sa nourriture que par une sorte de contrainte.

Nul ne lui avait encore plié ses draps en portefeuille, ou renversé, la nuit, un quart d'eau froide sur la tête. Jamais il ne se réveillait violemment sous son lit retourné d'un coup d'épaule, toute la caserne s'abîmant dans une catastrophe.

Il se croyait sauvé.

Vraiment la chambrée ne se composait que de braves garçons, et la distinction d'Avril, dissimulée, passait inaperçue.

Il se mêla au groupe. Les parieurs s'échauffaient.

— J'en porterais deux, disait un soldat.

— Tu n'en soulèverais pas seulement un, répondait un autre.

— J'en porterais deux. C'est moi qui te le garantis, moi, Mélinot.

— Pas la moitié d'un ; je t'en défends, moi, Martin. Tu ne sais donc pas comme c'est lourd, un homme qui fait le mort.

Avril trouva bonne l'occasion de donner son avis. Ses camarades n'en seraient que flattés, et d'ailleurs, il aimait les études de mœurs.

— Oui, c'est lourd, dit-il.

Déjà Mélinot retroussait ses manches :

— Je parie un litre. Allez-y. Qui est-ce qui se couche parterre ? Toi, Martin ; mais j'en veux un second, un gros, ça m'est égal, et je vous jetterai tous deux sur mon dos comme des sacs à raisins.

Les mains s'agitèrent : « Moi ! moi ! » Et Avril s'offrit comme les autres. Mélinot hésita, soupesant les plus massifs, avec des moues de connaisseur. Enfin, pour que son triomphe éclatât davantage, il choisit Avril, à cause de ses mains blanches, de sa chair grasse, et il montrait une telle assurance que Martin eut des craintes, fit à Avril ses recommandations.

— Surtout, lui dit-il, imite bien le mort. Ne te raidis pas. Abandonne-toi, les jambes et les bras mous. Laisse ballotter ta tête et ton ventre.

— Sois tranquille, dit Avril.

Heureux de jouer son rôle en camarade pas fier, il songeait :

— Voilà une complaisance qui décidément me gagnera tous les cœurs.

Tandis que Mélinot roulait ses biceps, Avril et Martin s'allongèrent sur le plancher. On les lia dos à dos, au moyen d'un drap et de ceinturons. Mélinot surveillait lui-même, et les installa, Martin dessous, Avril dessus, par une attention délicate. Les hommes de la chambrée formaient cercle, comme sur une place, un jour de foire, autour de la représentation. Ils se pinçaient, presque émus.

Mélinot se prépara. Il cracha dans ses mains, emplit sa poitrine de vent, et il se baissait, tendait ses bras infinis, allait, les doigts écartés, les veines gonflées pour l'effort futur, ramasser le paquet.

Soudain le cercle s'entr'ouvrit. Un soldat qui attendait, tout prêt, entra à reculons, culotte tombée, et Avril sentit sur sa face le frottement long, la caresse insistante d'un derrière d'homme.

Il ferma les yeux à se fendre la peau du front, et la bouche à se casser les dents. Le cuir d'un ceinturon craqua.

II

Délivré, debout, Avril, blanc, étreignit une baïonnette, et il ne se précipita pas au hasard, parce qu'il ne voulait en tuer qu'un.

— Qui ?

Ce fut plus un cri qu'une parole. Il n'insultait pas. Les mots « lâche, cochon » eussent été trop doux à sa gorge sèche. Il ne pouvait que répéter :

— Qui ? qui ?

Les soldats reculèrent, sur la défensive, inquiets.

La révolte d'Avril les étonnait. Ils avaient l'habitude des tours plaisants. Une farce ne serait-elle pas toujours drôle ? Malheur de malheur !

— Voyons, c'est pour rire, dit l'un d'eux.

Mais les visages, toutes les fissures du rire bouchées, étaient comme des murs fraîchement replâtrés.

Avril planta sa baïonnette dans la table.

— Je saurai qui, dit-il, et je le tuerai.

— Si tu lui en avais enlevé un morceau, dit Martin, tu le reconnaîtrais facilement.

Le mot ne fit pas d'effet, car on observa qu'Avril, amolli après son accès de rage, pleurait d'énervement. Les soldats ne comprenaient plus. Ils s'éloignèrent chuchoteurs, avec des gestes inachevés.

Avril se mit en tenue et courut aux bains. Il arracha ses vêtements, et dans la baignoire il noyait sa tête sous l'eau le plus longtemps possible et ne l'en sortait que pour souffler, à la manière des phoques.

Ensuite, les cheveux fumants, il réfléchit aux stratagèmes compliqués dont il devrait user pour savoir qui.

Sans doute, il le tuerait. Cruel d'abord, avec la pointe de sa baïonnette, il lui ferait sauter un œil, le nombril, un organe indispensable, ou plutôt, il le pétrirait entre ses poings, lui crèverait l'estomac, ainsi qu'une boîte à coups de talon. Mais comment le découvrir ? Le désir d'une vengeance originale, personnelle, le détourna de porter plainte, la peur aussi du ridicule : sa sotte histoire réjouirait le régiment, le colonel, des généraux peut-être !

De retour à la caserne, il affecta l'insouciance, regretta son emportement et s'avoua imbécile. Bon enfant, il pardonnait, et il se moqua le premier de ses pommettes rouges, sanglantes, débarbouillées frénétiquement, comme raclées à la pierre ponce.

— Allons, c'est fini, dit-il. Qu'il se dénonce et je lui paie un litre d'eau-de-vie. Voilà ma main.

Les soldats défiants ne répondirent pas.

Il en prit un à part, celui qui avait les plus fortes oreilles, la plus grande bouche, la plus animale apparence et l'emmena à la cantine. Il rusa, feignit de parler d'autre chose, et tandis que les bouteilles se rangeaient sur la table comme de courtes dames arrêtées qui écoutent, il le conduisit sournoisement au bord d'une confidence. Mais arrivé là, l'homme poilu, égal aux bêtes par l'instinct, se tapa le crâne, se dressa, dit : « Merci, ma vieille, » et s'en alla, impénétrable.

III

Avril ne sait pas qui, ne le saura jamais. Peu à peu, la chambrée est redevenue indifférente, il s'exaspère toujours. Une salive continue aux lèvres, il pèle à force de se laver la figure. La nuit, il imagine de ramper au milieu des lits. Tantôt il guette ceux qui rêvent tout haut. Tantôt il serre une gorge en criant :

— C'est toi, hein ! dis que c'est toi.

On lui lance des godillots. Il s'enfuit à grandes enjambées et ne s'endort qu'au petit jour d'un sommeil trouble où son imagination lui retrace obstinément un tableau si exact, que, de dégoût, Avril fronce ses narines.

Souvent, après la soupe, il sort seul, cherche un quartier silencieux de la ville. La place est déserte. À peine un chien frôle un banc. Avril s'assied et s'enveloppe la tête dans un mouchoir parfumé. Aussitôt les souvenirs se mettent à leur travail de fouisseurs. Le cœur malade, Avril se lève et se promène d'arbre en arbre. Les nausées le suivent.

Et c'est irréparable.

Certes, la vie lui réserve d'agréables surprises. Plus tard, il lira des vers de fine poésie. Il entendra des chants d'oiseaux. Il pourra toucher du bout du doigt la peau élastique des femmes, respirer des fleurs, sucer des sucreries, et peut-être que ses yeux seront charmés par des élégances d'ibis roses, mais il n'oubliera jamais qu'une fois il a senti sur sa face la caresse d'un derrière d'homme.

Tristement Avril s'appuie contre un arbre, et, par petites secousses douloureuses, il commence de vomir.

DE GARDE
I

L'échange des factionnaires se fit avec le cérémonial habituel, et les inévitables : « Je suis de la classe, moi, je m'en f… ! » puis le caporal Mélinot dit au soldat Avril :

— Surtout, tâche moyen de ne pas laisser évader les lapins du directeur. S'il en manque une queue demain, c'est le conseil qui t'attend !

Le soldat Avril savait qu'il faut toujours rire quand un caporal plaisante. Il s'appliqua donc à éclater, et traita, tant il n'en pouvait plus, Mélinot de farceur. Mais celui-ci, soudain sévère, l'arrêta :

— Qu'est-ce ? Fixe !

Puis lui tourna le dos, et fredonnant : « Nous sommes de la classe ! nous sommes de la classe » ! rentra au poste.

II

— Voyons, se dit le soldat Avril, je me rappelle bien ce qu'il faut : le mot d'ordre et ma consigne.

Il retournait sa mémoire comme une poche :

— Je dois ne pas perdre de vue le toit de la prison, les fenêtres des prisonniers, les murs de la cour, et, toutes les dix minutes jeter un coup d'œil dans la cellule du condamné à mort. En cas d'alerte, je me suspends à la cloche que voilà, et le personnel saute du lit.

— Est-ce tout ?

— Ah ! j'oubliais les lapins.

Il se garda de rire, d'abord parce que le caporal Mélinot n'était plus là, ensuite parce que le soldat Avril n'aimait pas rire, tout seul, dans la nuit et le silence.

En un coin de la cour, les lapins dormaient sans doute, et leur cage paraissait inhabitée. Il céda à la tentation de passer sa baïonnette dans une maille du grillage. Les lapins s'entre-croisèrent pour changer de place, et exhalèrent un effluve chaud et doux comme une caresse de fourrure.

— Je préfère qu'ils aient donné signe de vie, se dit Avril, et je me sens plus à mon aise.

Il ne les dédaignait pas comme compagnons et volontiers les eût flattés de la main.

Un unique bec de gaz éclairait la cour, et sa flamme se débattait contre les ténèbres, comme un oiseau qu'on étouffe. Debout, bien au centre du rayonnement, Avril attendit. Il n'espérait pas monter ses deux heures de garde sans aventure, et déjà les formes des choses l'inquiétaient, l'une comme à cheval sur le mur, cette autre penchée, menaçante, au bout d'une gouttière.

Il se disait :

— C'est un effet d'optique ; l'ombre joue avec ma peur !

Mais, sur la défensive, écouteux, prêt à croiser la baïonnette, il serrait fortement son fusil dans ses deux mains.

Il ne se mettait point dans la guérite, par crainte d'une surprise, et s'assurait de temps en temps que la corde de la cloche descendait à sa portée.

« Ah ! n'tremblez donc pas comme ça ! » lui chantait en dedans une laide artiste de café-concert évoquée.

Avril s'enhardit :

— Il y a un quart d'heure que je suis de garde, et je dois faire toutes les dix minutes une visite au condamné à mort, qui me croira mal élevé.

Le dos voûté, à pas craintifs, il s'engagea dans le couloir menant à la cellule. L'énorme serrure de la porte l'impressionna. Luisante, entretenue avec soin, elle sentait l'huile. Au-dessus, par un verre rond de la grandeur d'un monocle, on pouvait suivre les mouvements du condamné.

— Je serais curieux de savoir ce qu'il fait, dit Avril.

Toutefois, il se « promena », quelques instants dans le couloir, à égale distance des deux murs.

— Est-ce que je deviens bête ?

Il fit une volte brusque, courut à la cellule, colla son œil au verre et sauta en arrière, pâle. L'œil du condamné était collé de l'autre côté.

Avril, une sensation de brûlure aux sourcils, entendit un éclat de rire.

— Ça te la coupe !

De nouveau, il regarda et goûta fort les farces sans danger qui se suivirent.

Le condamné simulait des escalades en criant :

— Prends garde ! je me sauve, moi, tu sais !

Il jouait à cache-cache, s'étendait de son long au bas de la porte, ne remuait plus. Il était parti.

— C'est un bon vivant, dit Avril.

Ils purent causer, se comprendre, malgré l'épaisseur de la porte. Le condamné dit son crime, sa défense qu'il avait soutenue lui-même, le jugement, sa dégradation de sous-officier et ses idées sur l'autre monde. C'était un garçon intelligent, de l'aveu même du tribunal. Il avait stupéfié le directeur de la prison en lui montrant un bout de papier noir de chiffres.

— J'ai calculé, lui avait-il dit, le poids total du plomb que les hommes désignés pour me fusiller logeront dans ma poitrine, s'ils visent bien !

Il avait ajouté simplement :

— Je ne compte pas le coup de grâce du sergent.

Parfois, il occupait ses loisirs à replaider sa cause, et déclamait, haut et clair, debout sur sa couchette, des phrases attendrissantes.

— Mes sommeils, dit-il à Avril, ne sont pas toujours calmes, et il m'arrive de rêver que ma mort, ma mort à moi, s'approche en tâtonnant.

— Bleu, dit-il encore, tu seras peut-être un jour à ma place !

— Vous me donnez la chair de poule, répondit Avril ; mais je m'oublie à bavarder, et c'est défendu. Il faut que j'aille voir un peu les autres. Ne bougez pas, hein ! Restez bien tranquille. Je reviendrai dans dix minutes.

— Bleu, du tabac ?

— Je ne fume pas, mon ami.

Avril sortit dans la, cour, grave, ému, plein de pitié pour ce malheureux, qui n'avait plus conscience de son état.

— Je ne le trouve guère terrible, le pauvre ! Mais quelle serrure ! Pourquoi ne braque-t-on pas un canon sur la porte ?

Il leva la tête. Toutes les fenêtres de la prison semblaient des yeux clos. Son amicale causerie avec le condamné l'avait aguerri. Il portait son fusil, machinalement, la pointe en bas, confiant, léger, siffleur.

Il allait trouver le ciel pur, les étoiles brillantes, et songer, selon la coutume, au village natal, à l'amie, quand il frissonna.

On s'agitait quelque part !

Il ne perçut d'abord que des coups sourds, espacés, très lointains, comme frappés sur des planches pourries, par un marteau enveloppé dans du linge. Bientôt il sentit ses oreilles matériellement s'agrandir et s'affola, incapable même de crier son épouvante.

III

Au vacarme de la cloche, toute la prison s'éveilla. Le caporal accourut suivi de ses hommes.

— Eh ben ! quoi ?

Avril gisant à terre ne répondit pas.

— À la cellule ! ordonna Mélinot.

Le condamné, qui s'était couché et commençait de sommeiller, dit avec un bâillement :

— Qu'est-ce que vous avez ? Il y a donc longtemps que je dors ? Elle a été courte la nuit. Ah ! vous venez me chercher. C'est pour aujourd'hui, bon ! bon ! On y va. Ne me bousculez pas. Je serai brave. Cabot, passe-moi mes chaussettes.

— Recouche-toi, imbécile !

Le caporal Mélinot ferma la porte, s'élança dans les couloirs, tâta des serrures, des barreaux, et fit deux fois le tour de la prison au pas gymnastique, ses hommes sur ses talons, sa lanterne à hauteur de menton.

Il ne remarqua rien d'anormal et quand il entrait dans une chambrée, les prisonniers, effarés, eux aussi, par la cloche d'alarme, lui demandaient :

— Est-ce que c'est le feu ? Il ne faudrait pas nous laisser griller !

— Relève-toi donc ! dit-il au soldat Avril qu'il secouait du pied.

Mais Avril ne se releva pas. Il pressait son fusil sur son cœur et sa baïonnette avait fait au ciment du mur une longue éraflure. On dut le transporter au poste, et le directeur de la prison, en pantoufles, au milieu de tout le personnel vêtu à la hâte, constata, sans pouvoir rien expliquer, qu'Avril était évanoui, mort peut-être. Il prononça les mots de congestion, de rupture d'anévrisme et déclara qu'il fallait chercher tout de suite le médecin, lequel en dirait long à propos d'un cas aussi bizarre.

Penchés autour d'Avril qu'ils avaient étendu sur la table, ses camarades tâchaient de le ranimer.

Ils le frictionnaient, le râpaient avec la vigueur des grands jours d'astiquage, lui lavaient les tempes à même la cruche d'eau, et lui donnaient des claques sonores. Ils lui disaient :

— Vieux, vieux, reviens donc !

Mais plus Avril tardait à revenir, plus ils redoutaient de le voir se lever tout à coup, rejeter ses couvertures et se mettre à parler interminablement, comme au théâtre.

Parfois, ils s'arrêtaient, épuisés, et le caporal Mélinot choisissait dans ses souvenirs de théorie, des bouts de phrases pour glorifier ceux qui tombent ainsi en activité de service, au champ d'honneur.

Cependant, les lapins, en rut, d'un coin de leur cage à l'autre, s'entrecroisaient, et martelant lourdement, à coups de pattes, les planches pourries, continuaient, frénétiques, de clapir d'amour.

LE MUR

À Georges Courteline.

I

Elles étaient méchantes ou bonnes de toutes leurs forces, et se fâchaient une fois par saison, régulièrement, huit jours. Longtemps elles voisinaient jusqu'à paraître habiter l'une chez l'autre, et, soudain, elles ne se connaissaient plus. Aussitôt la Morvande comptait avec prestesse les défauts de la Gagnarde. Celle-ci, peut-être, avait le travail de langue moins facile, mais elle réussissait plus souvent à ne pas revenir la première. Enfin elles se souriaient. Invitée, la Gagnarde entrait chez la Morvande et, de nouveau, admirait tout, la propreté des carreaux, celle du poêle, celle de l'arche et des cuivres, et celle du seau d'eau si brillant qu'il donnait soif.

— Comment faites-vous donc pour être propre ? Chez moi, c'est toujours sale.

Elle mentait, pour voir.

— Chez vous, répondait la Morvande, on dirait que vous léchez les meubles.

Ainsi, tout en gardant leur dignité, elles échangeaient des flatteries.

Au seuil de la porte, la Gagnarde s'extasiait encore devant le fumier des Morvand. Il était carré, fait au moule. Des branchages et des pieux le soutenaient, et on pouvait y monter par une planche à pente douce, comme sur une estrade.

— À tout à l'heure, ma grosse ! disait la Gagnarde.

— À tout à l'heure, ma petite ! répondait la Morvande.

Or, en réalité, la grosse c'était la Gagnarde et la petite la Morvande. Donc les mots venaient bien du cœur.

II

Quel fut le motif de la querelle, ce jour-là, le village ne le sut jamais exactement. Les uns prétendent que la Gagnarde renversa par la cour commune un baquet d'eau grasse. Les autres, le maître d'école est du nombre, affirment que la Morvande lança, innocemment peut-être, une corbeille de pommes pourries dans les jambes de sa voisine.

Qu'arriva-t-il ensuite ?

La Gagnarde cassa d'un coup de fourche les deux pattes d'une oie qui n'était pas à elle, et la Morvande tordit le cou d'un jars sans en avoir le droit.

Puis toutes les deux, vaillantes, se mirent à donner de la voix.

La Morvande jappait. La Gagnarde grondait.

La Morvande courait dans la cour, ramassait des choses qu'elle laissait tomber pour les reprendre, et, le geste désordonné, se griffait le visage. Sa seule préoccupation était de jeter des cris aigus, sans choix, mais sans interruption. Souvent elle s'approchait de l'ennemie. Elle retenait derrière son dos ses mains rétives dont les doigts avaient le mors aux ongles.

Et sur sa petite tête rouge vivement agitée, sur son cou, ses épaules, elle recevait comme une douche trop chaude les injures bouillonnantes de la Gagnarde. Celle-ci s'enflait, s'enflait, les bras croisés, soufflante. Un instant, l'une penchée, l'autre comme enlevée de terre, bec à bec, étranglées et toute la chair à vif, elles ne purent plus que loucher !

III

La Morvande se sauva dans l'atelier de menuiserie de son homme. Elle s'étendit sur les copeaux et longtemps demeura sans rien dire. Du bran de scie se collait à son visage en sueur. Machinalement, d'un copeau elle se faisait une bague. Les yeux secs, elle poussait toutefois de gros soupirs tenant du sanglot.

Philippe Morvand ne la regardait pas.

C'était un homme froid qui passait sa vie à réfléchir. Quand il avait mesuré une planche, il la mesurait encore, et, lui trouvant la même longueur, il réfléchissait. Mais il réfléchissait surtout devant un mort dont on lui avait commandé le cercueil. Il prenait alors ses mesures sans toucher le corps, et il souffrait dans toutes ses jointures à la pensée qu'il pouvait se tromper en moins, faire trop étroit, être obligé de ployer le cadavre.

— Ça ne peut pas durer, fit sourdement la Morvande.

Philippe ne répondit rien. Il soutenait en pente une planche polie et, un œil fermé, l'autre mi-clos, cherchait des nœuds à fleur de bois. Vivement son rabot les rongeait et les rejetait par petites frisures.

— Ce n'est plus une existence ! dit la Morvande.

Elle ajouta qu'il fallait en finir.

Philippe, sans approuver, ne désapprouvait pas. Il entrait en réflexion. La Morvande lui exposa les faits. Elle fut calme, et, pour paraître juste, n'insulta personne. Voilà : ni l'une ni l'autre n'avaient bon caractère. Elle n'en disconvenait pas. Admettons qu'il y ait des torts des deux côtés. Quand on ne s'entend plus on se sépare :

— Qu'est-ce que tu en penses, toi ?

— Dame ! dit Philippe, tourne-lui les talons.

— Mais si elle me parle ?

— Ne réponds pas.

— Pour qu'elle me traite de dinde !

— Alors, continuez, dit Philippe. Si tu habillais une grande perche avec des vieilles guenilles, et si, la nuit, tu la plantais devant sa fenêtre, la Gagnarde ragerait fort en s'éveillant. On peut toujours essayer.

— Tu me fais pitié, dit la Morvande.

— Dame ! dit Philippe.

Le cas l'intéressait. Volontiers il eût donné un autre conseil. Mais il n'en avait plus. Il prit sa pipe, la bourra, et, se gardant de l'allumer par crainte du feu communicable, il pipa gravement. De temps en temps il la changeait de coin, ou la tirait de sa bouche, crachait, s'essuyait les lèvres, et semblait sur le point de parler.

C'était une fausse alerte.

Une autre fois il ôta ses lunettes, croisa l'une sur l'autre leurs longues et menues pattes de faucheux, et les posa avec lenteur en un coin net de l'établi. On aurait juré qu'il avait pris un parti. La Morvande attendait. Mais Philippe attendait aussi.

— Eh bien ! dit enfin la Morvande, moi qui ne suis qu'une bête, j'ai une idée !

Elle espérait que Philippe allait lui dire :

— Laquelle ?

Elle dut s'animer seule :

— Et je suis venue te demander ton avis seulement pour te montrer que tu es encore plus bête que moi.

Loin de sauter sur son marteau, Philippe n'eut aucun mouvement de révolte. Il en avait écouté d'autres et connaissait les femmes, même la sienne. La Morvande ne prit plus le soin de calculer ses effets et commanda :

— Tu vas t'arranger avec Gagnard et faire un mur qui coupera la cour en deux jusqu'à la route, assez haut pour que je ne voie plus cette rosse, mais pas assez haut pour me cacher le coq du clocher, parce que j'entends mieux sonner la messe, quand je le regarde, le coq du cocher.

— Ça coûtera cher, dit Philippe.

— Gagnard en paiera la moitié. C'est dans son intérêt comme dans le nôtre. Nous serons chacun chez nous !

— Je n'y tiens pas, dit Philippe. Gagnard est un bon garçon.

— Et moi, j'y tiens, dit la Morvande. Et puis d'abord, à partir d'aujourd'hui, tu vas le laisser de côté, ton Gagnard.

— Il ne m'a rien fait.

— Il n'est pas convenable que les maris restent bien quand les femmes ne le sont plus !

— Vous allez vous raccommoder.

— Écoute, Philippe, ne répète pas ça. Je me fâcherais pour de bon. Tiens, j'aimerais mieux me raccommoder avec notre cochon, oui, avec notre cochon.

— Qu'est-ce que je dirai à Gagnard, moi ?

— Tu lui diras que tu ne veux plus godailler avec un petit homme qui a six pouces de fesses et le derrière tout de suite.

— De jambes, remarqua honnêtement Philippe, on dit : six pouces de jambes !

— Et moi je veux dire : de fesses ! Réplique !

Elle se dressa, déjà prête pour la bataille. Des copeaux vibraient à ses coudes, à ses jupes. Philippe reprit ses lunettes et sur sa planche inclinée visa un dernier nœud à raboter.

— Tu ne vas pas te taire ? dit-il sur un ton plutôt d'interrogation que de menace.

— Je me tairai si je veux.

— Bon, ne te tais pas.

Il ne se rappelait point s'être emporté depuis l'âge de raison, et il avait eu l'âge de raison bien avant de se marier.

Victorieuse, la Morvande emplit son tablier de copeaux, ainsi qu'elle faisait toujours quand elle était en visite chez Philippe. Le soir, leur flamme vive éclaire et chauffe à la fois.

Elle s'en alla. Quelques copeaux tombèrent de son tablier, roulèrent sur leurs anneaux fins jusque dans la boue. Pareillement la tête d'une bonne dame âgée, secouée par la colère, perd ses papillotes blanches.

IV

Les débats se prolongèrent, Théodule Gagnard n'était pas un mauvais homme, mais très fort, il ne voulait jamais rien croire et disait sans cesse :

— Ça dépend !

— Il fera beau temps aujourd'hui, Gagnard ?

— Oh ! ça dépend !

Et, selon lui, tout dépendait. S'il se défiait des autres, il se montrait peu sûr de lui-même, de sorte qu'il avançait dans une discussion comme dans un fourré !

Ils eurent plus de peine à projeter le mur qu'à le construire. Le premier, Philippe proposa une hauteur ridicule. Un canard aurait passé par-dessus, sans sauter. Quand ils ajoutaient une pierre, ils semblaient la traîner péniblement.

— Faisons un mur d'un mètre et n'en parlons plus, dit Théodule.

— Mais elles se donneront des calottes ! dit Philippe.

— Va pour une autre rangée, dit Théodule.

— Mettrons-nous du mortier ?

— Il me paraît à moi qu'on pourrait se contenter d'aligner convenablement des pierres sèches.

— Nos femmes les renverseront d'un coup d'épaules, dit Philippe.

Théodule courba la tête et, sournois :

— C'est de ta femme qu'est venue l'idée. Au moins, c'est toi qui vas payer.

— Mon vieux !... dit Philippe.

Et de la main, il fit le geste, premièrement de balayer par terre quelque chose, le mur peut-être, ensuite de lancer au ciel une autre chose, ce qui signifiait sans doute :

— Si c'est ainsi, que ma femme écorche et dépiaute la tienne à son aise.

Théodule ne s'entêta pas, à la condition qu'on signerait un papier.

Bien entendu, ils construiraient le mur eux-mêmes, par économie. D'ailleurs, ce n'est pas malin, quand on a du goût. Inutile de fignoler.

De concessions en concessions ils s'attendrirent. Ce qui les désolait, c'est qu'on menaçait leur amitié, car la Gagnarde, elle aussi (comme on se rencontre !) avait dit à Théodule :

— Tu vas me faire le plaisir de te fâcher tout de suite avec son homme, hein !

— C'est le malheur ! dit Philippe.

Ni l'un ni l'autre ne s'y résigneraient. Tous deux du conseil municipal, ils votaient de la même manière, et, bien qu'inégaux de taille, s'estimaient également. Ils convinrent de feindre la froideur pour tromper les femmes et de se voir en cachette. L'un ferait un petit signe de tête ; l'autre comprendrait, et, partant chacun de son côté, ils se rejoindraient à l'auberge dans la salle du fond. Ces complications extraordinaires les divertirent, et Théodule consolé cria :

— À l'ouvrage !

Pendant les travaux, comme si une trêve eût été signée, les femmes les encouragèrent. Elles présidèrent au tracé des plans et dès que le mur s'éleva, se rendirent utiles.

— Tiens, mon Lippe ! disait la Morvande en passant à son mari une truelle toute garnie.

La Gagnarde reprenait :

— Attrape, mon Dule ! et offrait au sien un moellon.

Elles leur parlaient affectueusement, pour se montrer l'une à l'autre qu'elles savaient maintenir la bonne entente dans leur propre maison :

— Vous voyez, Madame, comme mon mari est heureux avec moi, ce qui prouve que, de nous deux, c'est bien vous la vilaine bête !

En outre elles cédaient au besoin qu'on a, quand on s'éloigne d'une personne, de se serrer contre une autre, pour combler le vide.

Morvand et Gagnard, câlinés, mignotés, sans force pour dire : « Ôtez-vous donc de là, femmes ! » ne regardaient même plus à la dépense du mortier.

V

Ils travaillèrent trois jours. Le soir du troisième jour, tout étant terminé, leur récompense méritée, Philippe Morvand fit le signe convenu ; Théodule Gagnard cligna de l'œil, au courant, et, l'un après l'autre, ils s'esquivèrent.

Immédiatement les deux ennemies voulurent prendre possession du mur. La Morvande y appliqua une échelle à poules pour faire une petite reconnaissance, et en même temps que la sienne, de l'autre côté, la tête de la Gagnarde apparut. Gênées, elles restèrent cependant, sûres d'avoir droit chacune à la moitié du mur. Philippe et Théodule avaient soigné la partie supérieure, et les pierres tassées à grands coups de marteau dans leurs bourrelets de mortier faisaient presque une plate-forme qu'une ligne imaginaire pouvait diviser en deux.

La Morvande eut une nouvelle idée.

Elle installerait là ses pots de fleurs et désormais, au lieu d'une figure renfrognée, elle aurait devant ses yeux des œillets et des roses. C'était une si bonne idée qu'elle plut tout de suite à la Gagnarde et qu'elles apportèrent leur premier pot ensemble.

— Elle est libre ! pensa la Morvande, fière de se voir imiter.

Silencieuses, et, pour commencer, chacune à l'une des extrémités du mur, elles disposaient leurs fleurs, du bout des doigts les tapotaient, comme on fait bouffer une chevelure, et lavaient avec un linge mouillé les feuilles vertes.

Tout à coup, l'un des pots de la Morvande s'échappa et roula vers la Gagnarde qui put l'arrêter à temps.

— Merci, dit la Morvande.

— De rien, dit la Gagnarde.

C'était sec, mais poli.

Elles ne pouvaient placer tous leurs pots au même endroit et le silence s'était refait entre elles, quand deux hautes marguerites se rencontrèrent et enfoncèrent l'une dans l'autre leurs belles têtes boursouflées, dont il tomba un nuage de pétales morts au choc.

Mais vite on les sépara.

— Non, non, dit la Gagnarde.

— Si, restez, ordonna la Morvande.

Elle était la plus récemment obligée et devait parler en ces termes autoritaires. La Gagnarde céda, pour se venger un instant après.

— Comment, dit-elle d'un ton bourru, vous cachez votre pauvre petit réséda derrière mon gros dahlia, et vous croyez que le soleil va venir le chercher là. Je serais joliment contente si vous le trouviez crevé demain.

— Il est bien là.

— Ouiche, vous n'y entendez rien.

Et, de force, elle mit le pauvre petit réséda où elle voulut, et l'isola sur une large pierre, en plein air au milieu de ses pots à elle tenus à distance.

Ce fut un signal.

Elles se prêtèrent les places les plus avantageuses, et il sembla que tous les pots de l'une allaient passer du côté de l'autre. Cette confusion des fleurs amena celle des torts. Dès que l'une en avouait un, l'autre promptement s'en repentait. Après se les être distribués, elles se les arrachèrent, et la Morvande fit tant pour n'en pas laisser à la Gagnarde que celle-ci dépouillée, honteuse et comme toute nue, sentit ses yeux se mouiller.

— Est-on niais, par moments ! dit-elle.

La Morvande répondit, désireuse de se décharger un peu des torts accaparés :

— Nos maris sont plus imbéciles que nous. C'est pourtant vrai qu'ils l'ont bâti, leur mur.

— Alors, dit la Gagnarde, quand on voudra se voir, il faudra en faire le tour, par là-bas ?

Et bien que « là-bas » fût à une portée de jambe, la Gagnarde indiquait l'horizon.

— Comme si c'était sérieux, dit la Morvande. On se dispute parce qu'on s'aime, pour changer, par exercice. Pourquoi nous sommes-nous brouillées ? Le savez-vous ? moi pas. Non m'amie, voilà qui me dépasse : dimanche dernier il n'y avait pas de mur, et aujourd'hui, il y a un mur, ici même, entre vous et moi !

— Un beau mur, ma foi, dit la Gagnarde, j'en ferais autant avec mon pied. Regardez-moi ces pierres qui sortent leurs cornes à gratter le dos, et ce mortier qui a coulé partout, comme de la chandelle !

Sans être maçon, elle ricanait.

— Ma belle, dit brusquement la Morvande, toute droite sur son échelle à poule, et les bras tendus, enlevons nos pots et embrassons-nous : j'ai une idée.

Encore une ! c'était la troisième, la suprême.

VI

Philippe et Théodule revenaient de l'auberge. Ils avaient assez bu pour oublier leur convention et marcher côte à côte, au risque d'exciter leurs femmes irritables.

— Je réfléchis, disait Philippe. Peut-être bien qu'elles vont nous laisser tranquilles, maintenant.

— Ça dépend, répondit Théodule.

— De quoi ? dit Philippe inquiet.

— Oh ! ça dépend, répéta Théodule.

Quel homme ! il mourrait dans le doute.

— Si nous nous quittions ? dit-il.

— Nous avons le temps, répondit Philippe. La nuit arrive sans lune et sans étoiles. Elles ne peuvent pas nous voir.

Ils se heurtaient doucement des épaules et jouissaient de faire durer quelques minutes de plus leur camaraderie défendue.

— Par exemple, reprit Philippe, si la mienne m'agace, je me charge de la tourner.

— Chut ! dit Théodule.

Et soudain, tous deux se baissèrent, et, comme des chiens d'arrêt qui sentent, s'avancèrent à petits pas, les bras écartés, les doigts ouverts.

— Halte ! dit Théodule, une main en nageoire sur la couture de sa culotte.

— Qu'est-ce qu'elles font donc ? dit Philippe.

— Du propre ! dit Théodule.

Rêvaient-ils ? Était-ce un effet de l'ombre ou de leur ivresse ? Immobiles et voûtés sur la route, ils se murmurèrent des exclamations diverses :

— Elle est raide !

— C'est plus fort que de jouer au bouchon.

— Les matines !

Mais au lieu de surgir, menaçants, de se précipiter hors des ténèbres, comme deux hommes solides sur deux femmes à battre, ils s'assirent, alourdis de surprise.

Devant eux, là, tout près, l'une avec une pioche, l'autre avec une barre à feu, pouffant quand des pierres résistaient, quand une crotte de mortier frais leur sautait au visage, parfois nez à nez et toujours cœur à cœur, la Morvande et la Gagnarde, pleines d'entrain, amies pour la vie, commençaient, fantastiques, de démolir le mur !

MONSIEUR CASTEL

L'HOMME ASSIS SUR UN MUR

Le châtelain du village étant mort, il faut que la commune de Cervol se choisisse un autre maire. Elle n'hésite pas et ses conseillers font des avances immédiates au plus instruit d'entre eux, à l'homme assis sur un mur. On appelle ainsi M. Castel parce que chaque jour, dès la chaleur, il s'assied sur son mur. Les bras croisés et les jambes pendantes, il domine le village. Il est presque aussi haut que le clocher. Il porte une blouse et des sabots comme un paysan, une chaîne d'or et du linge net comme un homme qui ne travaille plus. Il ne fait que fumer, et, du matin à la nuit, les cigarettes brûlent à ses lèvres, s'éteignent et tombent, sans qu'il y touche. Il vit à l'écart ; il allait le moins possible aux séances du conseil ; il parle si rarement qu'on le connaît peu ; mais nul ne doute de son honnêteté.

Et, surtout, on le croit très capable : capable de quoi ? C'est le mystère.

— J'accepte, dit il au conseil municipal, et je vous dispense de me remercier.

Or, à peine élu, M. Castel doit célébrer un mariage. Pierre Coquin épouse Louise Fré.

Conformément à la loi, le nouveau maire, ceint de l'écharpe, lit les paragraphes du Code civil relatifs aux droits et devoirs des époux.

C'est tout ce qu'il avait à dire.

Puis il reçoit la déclaration que Pierre Coquin et Louise Fré consentent à se prendre pour mari et pour femme.

C'est tout ce qu'il veut savoir.

Et comme le marié lui offre la main, il l'effleure du bout d'un doigt, mais, à la stupeur générale, il n'embrasse pas la mariée.

Les yeux baissés, elle n'ose bouger. C'est facile à voir qu'elle espère quelque chose. La raideur du nouveau maire émeut toute la noce. Il ferme le registre et dit :

— On vous attend à l'église.

Ils vont sortir, silencieux, comme d'une maison où quelqu'un vient de trépasser, quand le marié demande :

— Monsieur le maire, pourquoi que vous n'embrassez pas ma Louise ?

Et il ajoute vite, afin de s'enhardir :

— Excusez, on embrasse toujours la mariée ; c'est une habitude du pays. Embrassez-la sur les joues. Vous lui ferez plaisir et à moi aussi et vous nous porterez bonheur.

— Je trouve l'usage inconvenant, dit M. Castel.

— Oh ! ça ne me gêne pas ! dit le marié près de rire.

— Cela me gêne, moi, dit le maire.

— Défunt Monsieur le Comte embrassait nos mariées plutôt deux fois qu'une.

— Précisément, dit le maire.

— Vous êtes donc plus fier que lui ?

— Je tâche, dit M. Castel.

Le marié cesse de discuter. Peiné au cœur, il ignore le sens de ces paroles entendues pour la première fois. Peut-être a-t-il lu quelque part les mots *délicatesse, discrétion*, mais il n'en use point, et autour de lui personne ne s'en sert. Il s'imagine que Monsieur le maire l'injurie et déjà il tremble de honte.

— Mon ami, je vois que vous ne me comprenez pas, lui dit M. Castel. Je m'explique, essayez de saisir. Le devoir d'un maire est de veiller non seulement aux intérêts, mais encore aux principes de sa commune. À mon avis l'espèce humaine dégénère. Les hommes perdent tout maintien, les femmes toute pudeur. Ils se plaisent à s'abaisser. Leur dignité traîne par terre. Il faut, pour qu'elle se relève, de petites leçons dures comme celle que je vous donne. Loin d'en être humilié, méditez-la. Que d'abord vos invités d'aujourd'hui imitent ma réserve, et embrassez votre femme vous-même, tout seul. Vous prendrez vite cette habitude, et demain ce sera l'usage, un usage de plus.

Et M. Castel, fatigué d'avoir tant parlé, quitte son écharpe. Il est parti que la noce l'écoute encore. Vivement affectée, elle oublie que Monsieur le curé n'est guère patient et elle se dirige vers l'église, sans hâte, lorsque le marié s'arrête et, les idées désordonnées, veut savoir à quoi s'en tenir, tout de suite, dans la rue, et il s'écrie :

— Louise, réponds, qu'est-ce que Monsieur le maire a contre toi ?

— Mais rien, mais rien, dit-elle.

— Si, si, un honnête homme ne fait pas des affronts à un honnête homme sans motif. M. Castel m'a donné une poignée de main parce qu'il m'estime. Il refuse de t'embrasser parce qu'il te méprise.

— Quelle idée ! dit Louise ; il se conduit comme un ours, voilà le vrai.

— Monsieur le maire est un homme capable, dit Pierre Coquin. Je devine que tu as une tache. Il le sait et il le prouve.

— Moi une tache ! moi tachée ! Je le défends de me dire des vilains mots. Ton M. Castel est un menteur et toi avec.

— J'aime mieux croire un maire qu'une femme, dit Coquin persifleur. Dans tous les cas, bonsoir. Je me méfie Je n'épouse plus. Je te laisse ; je reviendrai quand M. Castel t'aura embrassée.

— Tu te trompes si tu te figures que je courrai après un homme, dit Louise. Va, file, ça m'est égal.

— Et à moi donc ! dit Pierre qui s'éloigne comme s'il quittait un camarade rencontré sur la route.

Louise se met à pleurer. D'autres qu'elle en ont envie. Personne n'essaie de rappeler Pierre Coquin. On regarde sa veste noire. On regarde la robe de la mariée. À propos de quoi cette veste et cette robe se séparent-elles ainsi tout à coup ?

Un enfant de chœur, sorti de l'église pour dire à la noce qu'elle se presse, ne peut que bâiller. Puis la stupeur qui étouffe les voix et alourdit les gestes se dissipe.

Les bras s'agitent et l'indignation bourdonne de lèvres en lèvres contre l'homme qui déjà, tandis que ses mariés se démarient, est retourné là-haut s'asseoir sur son mur.

LE FROMAGE À LA CRÈME

Leur discussion s'éternise. Las de parler pour ne rien dire, Noirmier et Paponot décident qu'il faut consulter M. Castel. Il jugera.

Noirmier et Paponot le trouvent assis à l'ombre de ses noisetiers, et la discussion recommence devant lui, comme s'il n'était pas là.

M. Castel, arbitre, les laisse aller, écoute sans interrompre, et quand ils se taisent de fatigue il promet d'examiner l'affaire et de donner sa réponse un de ces jours.

— Prenez votre loisir, dit Noirmier qui s'essuie le front. Quelle chaleur ! On se coucherait sur un jet d'eau.

— On a toujours soif, dit Paponot.

— Plus soif que faim, dit M. Castel, arbitre. Je perds l'appétit, et je ne mange que du fromage à la crème pour me rafraîchir.

— Et moi pareillement, dit Noirmier.

Or, Noirmier feint de dire cela, comme il dirait autre chose, par flatterie et politesse. Mais il comprend M. Castel à demi-mot et il se réjouit d'autant plus que cet imbécile de Paponot ne devine jamais rien.

Et, le jour même, Noirmier fait porter de sa part, chez M. Castel, dans du linge propre, sur de la paille neuve, un fromage soigneusement égoutté et un bol de crème. Puis au lieu de se morfondre comme Paponot, il attend avec tranquillité la justice.

Quelle surprise quand M. Castel, sur toute la ligne donne raison à Paponot !

— Au moins, dit Noirmier ironique et rageur, mon fromage à la crème était-il bon ?

— Je me suis régalé, dit M. Castel.

— J'avais donc bien tort ? dit Noirmier.

— Est-ce qu'on sait jamais ? dit M. Castel.

— Alors, vous favorisez Paponot contre moi ?

— Oui, dit M. Castel. Peut-être qu'il va m'offrir un fromage à son tour…

LE POÈTE

LE SONNET

À Lucien Descaves.

— N'oublions pas, Mesdames et Messieurs, que nous avons parmi nous un poète, un vrai poète, celui-là !

Ainsi parle la maîtresse de maison comme elle dirait autre chose.

Le poète, ses yeux un moment seuls contre les yeux de tous, baisse la tête et ronronne :

— Je ne sais rien, non, là, franchement. Oh ! si je savais !

Il se défend encore, qu'on l'oublie. En effet, des artistes, des artistes dignes de ce nom, attendaient et se précipitent. Déjà c'est un pianiste qu'on applaudit. Le poète imprudent a cédé son tour. Il rouvre les paupières : il a l'air d'une personne effrayée sans cause qui s'aperçoit soudain de son erreur. Il méprise le pianiste dont il envie le succès, et la gloire lui paraît une femme appétissante quoique vulgaire.

— Je me déciderai, pense-t-il, quand on me priera de nouveau.

La maîtresse de maison se rapproche.

— Alors, vous nous refusez votre concours ?

Au moyen d'une phrase adroite il sauvegarde son orgueil.

— Soit, Madame, mais vous verrez que ça ne portera pas.

— Sommes-nous des imbéciles ? semblent dire les invités.

Et, profitant de l'hésitation, un chanteur aussitôt élève une voix dramatique.

Et toujours le poète au supplice laisse passer son numéro.

Cependant la soirée se termine, très réussie, comme toutes les soirées. La maîtresse de maison reconduit dans l'antichambre, jusqu'au palier même, des gens qui ne se sont jamais tant amusés.

— Vous seul n'avez pas donné, dit-elle au poète. C'est mal de faire des façons entre intimes. Hou ! le vilain !

Et les invités, bravant sans risque le danger, approuvent en chœur :

— Hou ! hou ! le vilain !

— Vous êtes trop aimables, dit le poète qui multiplie les salutations empressées.

— J'espère que nous serons plus heureux une autre fois, dit Madame.

— Certainement, répond le poète.

Puis avec la brusquerie des folles résolutions :

— Tenez, pardonnez-moi. La mémoire qui m'a manqué tout à l'heure me revient : voilà un sonnet.

— Ah ! c'est gentil, dit la maîtresse de maison, Hep ! silence, là-bas ! attendez ! chut un peu !

Et tandis que hâtivement, comme l'ami pressé de partir mange un morceau sur le pouce, le poète récite ses vers, de beaux vers, ma foi, les invités, saisis, n'achèvent pas le geste commencé. Des pardessus font bourrelet aux épaules. Un bras hésite à l'entrée d'une manche. Deux mains qui allaient s'étreindre, retombent. Une canne reste en l'air. On interrompt la lecture des initiales de chapeaux. Cette dame a le doigt pris dans un talon de caoutchouc. Celle-ci ne montre plus qu'une moitié de gorge et s'assied. Les jeunes filles disent : « Maman, écoute ! » Un monsieur, penché sur la cage de l'escalier offre une cigarette au bec de gaz et la lui tient haute. Enfin cet autre, trois marches descendues, s'arrête, un pied levé, prête l'oreille et, poli, se découvre !

L'ARAIGNÉE

À Séverine.

Le poète est couché, à plat ventre, dans l'herbe, et s'il n'en mange pas déjà, il en mâche. Il a le nez sur un trou de grillon certainement habité, comme l'indiquent de petites graines noires, les fraîches crottes du seuil. Au moyen d'un brin d'herbe sec il tente, en l'agaçant, de faire sortir le grillon.

Parfois celui-ci montre sa fine tête et rentre.

Le poète se dissimule et chatouille plus vivement.

Le grillon remonte, hésite, se décide, fait un saut hors de sa demeure : il est pris.

— N'aie pas peur, dit le poète, on va jouer tous deux.

Il le relâche, le laisse aller. Le grillon libre disparaîtrait sous les hautes herbes. Deux doigts le pincent à temps : le voilà sur le dos.

Le poète étudie son abdomen brun, le jeu des pattes cirées et s'émerveille des dents, scies délicates, inimitables par l'industrie humaine. Il le retourne et le grillon suit le bord de la main, culbute au creux, se relève, court au bout d'un doigt et s'y tient coi.

— On s'amuse, hein ! petit ? dit le poète.

Enfin il le met dans son chapeau, croise les jambes, rêveur, vile attendri, regarde se coucher le soleil.

Est-ce beau !

Ses bras s'écartent d'eux-mêmes et nagent vers l'horizon, où fume encore le soleil refroidi.

Cependant le grillon, un moment blotti, quitte la doublure du chapeau, pousse une reconnaissance hardie, explore les ténèbres, quête parmi les touffes de cheveux, enfile des boucles, et, quand il passe aux places dénudées, s'arrête et gratte, par habitude, de toutes ses pattes, pour creuser un trou.

Le poète jouit finement où ça le démange. Il a les yeux pleins de lumière, et, dans son chapeau, une faible petite bête captive qu'il affranchira, tout à l'heure, avec pompe.

Il voudrait parler comme il sent, se réciter des vers inouïs, jeter un cri dont frissonnerait, d'échos en échos, la nature entière. Il peut s'émouvoir, puisqu'il est seul, et que personne ne rira.

Mais soudain le grillon cesse de gratter : Il vient d'entendre quelque chose, et surpris, les antennes droites, il écoute.

Il ne s'est pas trompé :

En dessous, de l'autre côté du plafond, on gratte aussi.

Veine !

C'est l'araignée du poète qui s'éveille et répond.

COQUECIGRUES

DÉJEUNER DE SOLEIL

À Édouard Dubus.

La neige (existe-t-il un pays où la neige est noire ?) tombe et suggère des comparaisons fades.

Dans la rue, un gamin pétrit une boule, la pose sur une couche unie, sans ornière ou marque de pas, et la pousse prudemment. Elle roule et s'enveloppe à chaque tour comme d'une feuille de ouate. Bien que « gobes », les mains suffisent d'abord à la conduire par les sentiers blancs. Puis il y faut mettre le pied, les genoux, les épaules, toutes les forces.

Souvent la boule résiste, entêtée, s'écorne, se fendille. Enfin elle s'immobilise.

Le gamin, petit pâtissier en gros, dédaigneux de fignoler son travail, n'ayant plus rien à faire, disparaît.

Aussitôt, le soleil maladif et pâle, las de toujours monter sans jamais bouger de place, suce lentement, jusqu'à l'heure du coucher, lèche doucement l'informe gâteau de neige, comme une personne patraque grignote un morceau de sucre, du bout des dents, à petites reprises.

LA PARTIE DE SILENCE

À Louis Dumur.

Ils ont mangé la soupe et le bœuf. La mère débarrasse la table, l'approche tout près du poêle pour le père, et la fille y dépose la lampe. Le fils choisit dans le coffre à bois une bûche. Ces dames prennent leur ouvrage, le père son journal. Les aiguilles mordillent le linge. Le journal va, vient entre les doigts, avec des haltes. Le poêle ronfle ainsi qu'il faut, car sa petite porte est ouverte à moitié, et le fils le surveille. On n'entend pas de tic tac d'horloge : il n'y a point d'horloge ; mais une bouilloire siffle comme un nez pris.

Y sont-ils ?

Ah ! la mère oubliait de remonter, une fois pour toutes les autres, la mèche de la lampe, et de baisser l'abat-jour, lequel est bleu.

Bien ! chut ! Et, de huit à dix, lèvres serrées, yeux troubles, oreilles endormies déjà, vie suspendue, toute la famille, pour savoir qui se taira le mieux, fait, sans bruit, sa quotidienne partie de silence.

LA LIMACE

À Charles Merki.

Il fait un tel froid que tous les promeneurs rendent la fumée par le nez. Soudain, la bonne vieille, en louchant un peu, aperçoit installée sur sa lèvre, et pelotonnée dans quelques poils de barbe givrés, comme dans une herbe rare, une limace rouge.

— Ah ! sale bête, dit-elle, qu'est-ce que lu fais là ? Attends, je vais t'en donner, moi !

Elle lui en donne en effet. Elle s'arrête en plein trottoir, et se mouche bruyamment, sans se servir de son mouchoir, de sa manche ou de ses doigts, sans un geste, et d'un seul souffle, raide comme un soldat au port d'armes.

Le cerveau se vide tout entier. Elle avait de bien vilaines choses en tête, la bonne vieille. Puis, toujours louchant, elle observe. Un moment, ses deux prunelles n'en font qu'une. La limace rouge s'agite, et de sa langue pointue, activement, nettoie la place. Il semble qu'elle nage dans la joie.

— Te voilà gorgée, dit la bonne vieille. Allons, file maintenant ou je te chiquenaude.

Repue, onctueuse et glacée, la limace que l'air vif a rendue plus rouge encore, recule docilement, descend, descend, et rentre chez elle, au chaud, sous son palais, dans la bouche de la bonne vieille.

LES RAINETTES

À Rodolphe Darzens.

Assis sur le banc planté devant la porte, ils échangent leurs souvenirs sans remords et se racontent des histoires, toujours les mêmes, qui ne se passent en aucun temps, en aucun lieu.

Tandis que les rainettes infatigables roulent au loin leurs *r*, le plus âgé chevrote d'abord. Comme il fait nuit, chaque fantôme a son succès d'effroi. Les gamins écoutent, accroupis entre les vieux et le fumier verni de lune.

— Êtes-vous crédule de ça ?

— On en voit tant.

— Y en a-t-il, des étoiles !

— Si on allait se coucher ?

Ils restent encore. D'une pipe, régulièrement, une bluette de flamme s'échappe et s'éteint vite, toute seule sur la terre contre les astres de là-haut. Un géranium se penche au bord d'un pot cassé, et par ses becs de grue égoutte son odeur.

Le feu d'une voiture file entre les acacias de la route :

— Qui donc que c'est ?

— C'est le garde-port qui rentre.

La voiture s'éloigne et la curiosité cesse avec le bruit.

Les rainettes continuent leurs appels stridents, si clairs qu'elles semblent quitter les buissons humides, les feuilles vertes comme elles, se rapprocher du mur, et, bruyantes, entrer au creux des pierres.

Il faut pourtant aller se coucher : demain on tire le chanvre.

Les veilleurs bâillent, enfin se lèvent. Quelle douce soirée !

Ils dormiraient dehors. Au matin, on les trouverait là, engourdis, blancs de rosée.

— Bonsoir !

— Bonsoir... soir... oir...

Ils s'enfoncent dans l'ombre. Quelques femmes, des jeunes, allument une lanterne par peur de buter. Les portes se ferment, poussent leur long cri d'angoisse dont frissonnent les hommes en retard.

Et les rainettes même, lasses de lutter, leurs roulades étant vaines, vont prudemment céder au silence.

LE VIEUX ET LE JEUNE

À Maurice Talmeyr.

SCÈNE I

LE JEUNE

Oui, je sais, de ton temps on avalait les noyaux de cerises et des charrettes ferrées. Vieillard, je finirai par t'étrangler. On était naïf, sincère et croyant, en ce temps-là. Il faut y retourner et y rester. J'ai plein les oreilles de tes gémissements. Est-ce parce que la mort, sûre de ta peau, prélève un acompte, et te tripote, te creuse déjà les yeux, que tu les as si grands, plus grands que le ventre ?

Sois prudent. C'est lourd, la célébrité. Quelque matin on te trouvera étouffé. Si j'étais toi, je me mettrais au régime, et, craignant de devenir sourd absolu, je remplacerais ma grosse caisse par un de ces petits tambours en peau de papier qu'on voit entre les pattes des lapins mécaniques.

Toujours le vieux partout, à toutes les bornes ! Est-ce que ton image glacée ne va pas bientôt fondre ?

Tu chevrotes qu'on était respectueux de ton temps. Mais les trains allaient moins vite.

Des gens qui dévorent l'espace peuvent bien brûler la politesse. Résigne-toi, vieux (je t'appelle par tes titres, remarque-le, je te traite en camarade), ôte-toi de là et donne-moi les clefs.

Entends-tu ? je le dis de quitter la scène, de sortir du livre, de t'en aller du journal.

Il y a des années, des années d'horloge que tu encombres. Regarde à tes pieds : c'est du propre ; ton art délayé coule de tous côtés. Tu n'as pas honte ?

Comment ! des hommes d'honneur, des colonels, des employés de chemin de fer, des ouvriers du peuple qui n'ont plus rien à suer, réclament leur retraite et tu t'obstines à faire du service.

Sais-tu, qu'une nuit, las d'attendre, nous recommencerons le massacre des Innocents ?

Si tu te dépêches de mourir, tu éviteras une fin violente.

La place libre, je m'installe. Ah ! j'ai du travail pour une éternité et je vois tant de choses que mon œil éclate. D'abord tout est à refaire.

Premièrement, il convient de nettoyer les narines d'Augias du public.

Ensuite je peindrai mon enseigne, ce qui me prendra beaucoup de temps. Après, je bâtirai un art définitif. Il montera jusqu'au ciel sans toucher à la terre, puisque le naturalisme est mort, et mes enfants passeront gaîment leur vie, la pomme d'Adam en l'air, à le contempler.

Allons, l'ancien, vide les lieux, qu'on aère et qu'on retourne ce que tu as souillé.

SCÈNE II

LE VIEUX

Ces petits sont bien ridicules. Les uns vont au café et s'y gâtent l'estomac. Les autres n'y vont pas, et c'est afin de se donner un genre.

Les uns fument pour faire les hommes ; les autres ont pris la mauvaise habitude d'être incommodés par l'odeur du tabac. Je les trouve grotesques, surtout en amour. Ceux-ci sont chastes comme des bœufs, et, comme ces grosses bêtes, regardent le monde avec ahurissement. Ceux-là changent de femme chaque nuit et s'exposent à des altérations de santé. Les autres gardent toujours la même, et alors ça gêne leurs mouvements.

Le soir, quand je noue mon foulard serre-tête, je songe à leurs groupes littéraires, et je ris, je ris au point que mon lit tremble de tous ses ressorts : comme autrefois, me dit poliment Madame.

Et ces groupes ont des présidents, des vice-présidents, des membres même ; comme c'est drôle ! Oh ! je reconnais de bonne grâce que quelques jeunes vivent à l'écart. Mais ils ont tort : à leur âge, on doit fréquenter les écoles, pour faire plaisir aux parents.

En outre, ils apportent, crient-ils, ces petiots, des formules neuves. J'en avais aussi dans le temps, plein mes poches, sur des bouts de papier que, depuis, j'ai mâchés, par distraction. On prend sa formule au départ. On la pique sur son chapeau, durant le voyage ; mais, quand on est arrivé, à quoi sert-elle ? Qu'est-ce qu'ils veulent donc ? faire mieux que moi, autre chose. N'ai-je pas tenu de semblables propos, il y a un demi-siècle, et, maintenant, je relis mon œuvre, une fois l'an, au printemps.

Plaît-il ? tu convoites ma place, avide gamin. Ah ! malheur à ceux qui réussissent trop jeunes ! Tous les enfants précoces sont morts. Ma vie se prolonge parce que je me suis développé tard.

Je te dis cela, pour t'encourager à me laisser tranquille. Tu viens indiscrètement à la maison. Tu t'y embêtes à m'entendre parler sans cesse de ma personne, tu abîmes mes collections, et, toi parti, nous perdons un quart d'heure, ma bonne et moi, à compter les traces de ta tête huilée.

J'ai patiemment dressé moi-même mon glorieux gâteau. Je n'y ajoute plus rien parce qu'il est assez haut et que j'ai peur de monter sur les chaises, mais je crains qu'on ne l'écorne et je veille. Tu rôdes autour. Ta turbulence m'effraie. Écoute une proposition que tu serais gentil d'accepter. Tu passerais quelquefois dans ma rue. J'ouvrirais ma fenêtre et je te ferais un signe de tête amical. Tu dirais à tes petits amis : « Je viens de voir le vieux. » Je dirais : « La jeune génération ne m'oublie pas. » Et nous pourrions entretenir ainsi jusqu'à ma mort lointaine des relations charmantes.

On sonne, je parie que c'est toi. Misère de misère. Joseph ! n'oubliez pas dans cinq minutes le coup du : « Monsieur est servi ! »

SCÈNE III
LE VIEUX, LE JEUNE

LE VIEUX. — Tu es là, et je me distrais en traçant avec mon doigt une raie dans ta chevelure vierge. Tu me parles, et il me semble qu'un enfant pose ses pieds nus, chauds et tendres sur mon cœur.

LE JEUNE. — Maître, vous me ferez entrer dans un grand journal, dites ?...

JEAN, JACQUES

À Marcel Boulenger.

JACQUES. — Au moins, dors-tu bien ?

JEAN. — Oui, si j'ai le soin, au bord du sommeil, de me prendre à la gorge, des deux mains. Je me tiens fortement. Je suis sûr de ne pas me laisser échapper, et je passe une nuit tranquille.

JACQUES. — As-tu, comme moi, le goût des oreillers durs ? je n'en trouve point d'assez durs. Je voudrais un oreiller de bois, dont la taie serait une écorce, et je m'éveillerais les oreilles saignantes.

JEAN. — Nous sommes de pauvres misérables qui descendons vers le singe.

JACQUES. — Vers le jouet mécanique aux pattes alternantes. Notre vie, c'est une roue qui fait crrr… crrr… Quand je pense que, chaque matin, je m'exerce à enfiler mon pantalon sans y toucher ! J'arrondis sur le modèle d'un cylindre ma culotte droite. Celle de gauche ne m'intéresse pas. Je lève la jambe, et ffft ! il faut qu'elle fuse comme une hirondelle dans un couloir ; sinon, je recommence.

JEAN. — Réussis-tu souvent ?

JACQUES. — À la fin je triche, et las de danser sur un pied, je me contente d'un à peu près. Mais j'y arriverai, dussé-je rester une journée en chemise.

JEAN. — Je me lève plus calme. Mes serviettes seules me préoccupent. J'en ai sept ou huit en train. Dès que l'une d'elles est mouillée, je la rejette. Je ne leur tolère qu'une corne humide. La première m'essuie le front, la seconde le nez, la troisième une joue, et ma tête n'est pas sèche, que j'ai mis toutes mes serviettes hors de service.

JACQUES. — Est-ce que tu verses de l'huile sur tes cheveux ?

JEAN. — Ils sont naturellement gras.

JACQUES. — Tu as de la chance. Je me bats contre mes mèches. Une, entre autres, se révolte. Je la ratisse et l'écrase à me l'enfoncer dans le crâne. Elle se redresse pleine de vie, en fer. Je m'imagine qu'elle va soulever mon chapeau, et je n'oserai plus saluer, par crainte de montrer une horreur.

JEAN. — Fais-la scier.

JACQUES. — Ainsi que tes moustaches. Enseigne ton procédé.

JEAN. — Je les ronge moi-même, avec mes propres dents.

JACQUES. — L'aspect de ta lèvre déconcerte. On y remarque un vague pointillé noir, les restes d'une moustache incendiée, la fumée, l'ombre, le regret d'une moustache.

JEAN. — Je ne pense que si je mordille, si j'ai comme un laborieux mulot dans la bouche. Enfin, suppose ta mèche domptée.

JACQUES. — Je veux sortir. Je descends les escaliers et sur chaque marche je m'arrête. Mes souliers se frottent par le bout, se caressent du nez. Je piétine jusqu'à ce qu'ils soient satisfaits, et souvent je remonte.

JEAN. — Dehors, n'as-tu pas fréquemment l'envie d'aller d'un trottoir à l'autre ? On est pressé. Il y a un embarras de voitures : tant pis, il faut traverser, la rue tout de suite, se diriger par le plus court chemin vers ce point qui attire, éclate sur le mur d'en face.

JACQUES. — Je préfère viser un passant et le devancer en l'effleurant du coude. Oh ! je ne tiens ni aux bossus ni aux jolies femmes. J'ai le bras lourd, et il m'est nécessaire que toute son électricité s'écoule dans le bras d'un autre.

JEAN. — Sans doute, une bonne nouvelle inattendue t'attriste.

JACQUES. — Je ne la méritais pas et je me défie ; je regarde au delà, et, devant mes yeux, se matérialise la nouvelle qui suivra. Elle a une forme rectangulaire et deux centimètres d'épaisseur. Rugueuse, d'un rouge sombre, elle tombe, tombe ; c'est la tuile. Mais qu'on m'annonce le malheur des autres, j'ai de la peine à contenir dans ma bouche hermétique le rire qui cherche une issue. Ne meurs pas le premier de nous deux, ce serait trop gai. Si le malheur m'atteint, je sautille d'aise, et, dispos, j'irais me faire photographier. Qu'est-ce que tu as ?

JEAN. — Rien. Mon petit doigt s'amuse. Il s'abaisse et se relève, à l'exercice. Le voici en haut, le voici en bas. C'est pour sa santé. Une, deux, trois, quatre. Ne compte pas : tu t'embrouillerais. Marque simplement la cadence : une, deux ; une, deux...

JACQUES. — Curieux. On paierait cher sa place.

JEAN. — Talent d'intimité ? Il me distrait, quand j'écris, entre deux phrases. On dirait un geste de pompe qui aspire et foule. L'encre monte. Ma main s'emplit de vie, et quand mon petit doigt cesse, elle court, légère, intelligente.

Autrefois, je piquais avec une aiguille ma feuille de papier. Je la couvrais de points nombreux « comme les étoiles du ciel ».

Pique, pique ma bourrique :
Veux-tu gager que j'en ai huit !

J'ai perdu cette mauvaise habitude assoupissante. Celle-ci me plaît à cause de sa simplicité et de son isochronisme parfait. Une deux ; une, deux... Elle exige moins d'accessoires. On n'a pas toujours des aiguilles sur soi. Au café, à la promenade même, mon petit doigt prend son élan et part. Quoi de plus pratique ? Un petit doigt d'enfant en ferait autant. Mais tu changes de visage.

JACQUES. — Je t'en prie : n'insiste pas.

JEAN. — Tu souffres, tu rougis, et tes yeux, comme des pavots sous la pluie, débordent d'eau. Sois confiant. Ne l'ai-je pas été ? Avoue pour te soulager et me consoler.

JACQUES. — Tu ne peux pas savoir. C'est ma grande folie invincible. Ma femme a tenté l'impossible pour me guérir. Mes enfants m'ont supplié. Un médecin m'a dit : « Plus vous les arracherez, plus ils repousseront. En outre, votre nez enflera. » Ni les propos menaçants du docteur, ni les tendres remontrances d'une famille aimante ne m'ont ému, et cette fois encore, j'en tiens un.

JEAN. — Un quoi ? Laisse donc ton nez.

JACQUES. — Tu me crois peut-être à plaindre. Tu ne me comprendras jamais. Sache au contraire que j'éprouve des impressions compliquées, connues des seuls initiés. La douleur et la jouissance se confondent. J'ai une narine en feu et de la glace dans l'autre. Je ne compte pas les éternuements joyeux, qui sont tout bénéfice ! Je tire doucement, doucement. Il me semble que ce poil est planté au profond de ma chair et que ma cervelle vient avec. J'arrive au sommet de l'aigu. Aïe ! que j'ai mal ! Oh ! que je suis heureux ! Je gradue les secousses. C'est une science. Ouf ! Ah ! le voilà !

JEAN. — Je ne distingue pas.

JACQUES. — Approche-toi.

JEAN. — Oui, j'aperçois quelque chose. Mets-le devant la fenêtre, en plein soleil.

JACQUES. — Comme ceci ?

JEAN. — Là. Bien. Ne bouge plus. Je vois maintenant le poil dans son intégrité ! Il a la flexion d'un arc d'or. Il est transparent et blond, avec une grosseur à l'une de ses extrémités. On jurerait sa tête.

JACQUES. — Ce sont plutôt ses racines, Jeannot.

JEAN. — Reçois, mon Jacquot, mes sympathiques compliments : il est superbe !

FIN DE SOIRÉE

À René Maizeroy.

MONSIEUR. — MADAME. — LA BONNE

MADAME. — Es-tu sûr qu'il n'en reste plus ?

MONSIEUR. — Le dernier traverse la rue, tourne au croisement. Il disparaît.

MADAME. — Laisse la fenêtre ouverte. Que l'air assainisse, purifie. Regarde : les murs suent.

MONSIEUR. — Il pleut à verse et vente à tout renverser. Les becs de gaz sont affolés. C'est un bon temps pour ceux de nos invités qui n'ont pas trouvé de fiacre.

MADAME. — Oui, c'est un vrai temps d'invités. Il me réjouit. Je regrette seulement de ne l'avoir pas commandé moi-même. Ouvre donc la fenêtre toute grande.

MONSIEUR. — Jamais nous n'avons eu un mardi comme celui-ci. Ah ! tu choisis ton monde !

MADAME. — Bon ! nous allons nous jeter à la tête les gens qui viennent chez nous. Je suis prête. D'abord, où as-tu pris ton Turc ?

MONSIEUR. — Dans la rue. C'était le plus drôle : il ornait notre salon. Avons-nous ri, quand, au thé, il a déroulé son turban et qu'il s'en est servi comme d'une serviette. Peut-être aussi qu'il couche dedans.

MADAME. — J'ai tremblé de le voir se mettre à vendre des pastilles.

MONSIEUR. — Je t'assure qu'il est attaché à une ambassade, solidement. Continuons : n'est-ce pas à toi qu'appartient ce monsieur qui sentait le cigare éventé ?

MADAME. — Si tu parles tabac, je te rappellerai ton marchand de cigarettes toutes faites. C'est sans doute l'associé d'un garçon de café. Il les offrait dans une boîte à Palmers, « moins chères qu'à n'importe quel bureau », disait-il.

MONSIEUR. — Soit. Mais tu nous as amené ce professeur de piano qui glisse ses cartes-prospectus dans les goussets et les corsages.

MADAME. — Et toi, cette veuve qui tâte les hommes en dansant pour se chercher un mari vert ; cette forte dame qui montrait son cancer ; et cette autre, décolletée jusqu'à l'âme, qui nous a demandé s'il n'y avait pas de billard ici. Elle voulait organiser une poule au gibier. Faut-il encore te reprocher ta, femme à poils ? C'est scandaleux : elle cultive, soigneusement, à égale distance de ses deux seins, trois poils énormes. Les messieurs veulent voir, et, pour voir, dansent avec elle. De telle sorte que cette grosse toupie, malgré sa lourdeur, arrive à tourner toute la soirée.

Monsieur. — Tu es dure. Je voudrais que quelqu'un de nos invités nous écoutât dans un coin. À mon tour ! Je note : — Un vieux monsieur, aux moustaches de mastic ; il reconduit et se contente de reconduire (on l'affirme ; c'est son bonheur et sa gloire !) trois cent soixante-cinq femmes par an, jamais les mêmes. Je ne le trouve que grotesque. Passons. Un acteur ; il déclame la *Nuit d'Octobre* comme Musset devait la déclamer dans ses beaux jours, quand il était saoul. — Un compositeur de musique ; il a inventé une nouvelle méthode pour chanter : « Je voudrais être votre pantoufle ! » — Un danseur de son métier ; il prétend, à chaque pas, que notre parquet est garni de clous, empoigne une bouteille, et, du cul de ladite, leur fait sauter la tête. — Un grand poète célibataire, il murmure aux dames ; « J'ai soif ; et, si vous n'avez pas soif, j'ai soif pour vous. Venez donc boire. » Ce grand poète pousse trop à la consommation. Nous le supprimerons. — Un petit poète marié. « Du courage, lui dit sa femme mûre, récite bien tes vers et je te donnerai un franc, demain, pour tes folies. » — Un peintre, enfin, si sale qu'il devrait s'envelopper dans du papier. Mais nous le garderons provisoirement, car j'espère lui faire colorier, à l'œil, le bas du placard de notre cuisine... Inutile de remarquer que, ceux-là, c'est toi, incontestablement toi, qui les as raccrochés.

Madame. — Permets ! Toute le monde est parti. Tu peux te montrer convenable.

Monsieur. — Vrai, tu as cela dans le sang : tu ne rencontrerais pas un monsieur un peu décoré sans lui dire : « Psit ! psit ! venez donc chez moi, mardi soir, on s'amusera ! »

Madame. — Tu m'impatientes, à la fin.

La bonne, *entrant*. — Madame, il reste encore un vieux chapeau au vestiaire.

MONSIEUR. — Étonnant ce vieux chapeau qui reste toujours ! Où est sa tête ? Je ne comprends pas. Que nos invités se trompent de nippes, se volent, mais qu'ils s'arrangent et ne nous laissent pas leur friperie. Qu'est-ce que ce vieux chapeau fait là ?

MADAME. — Son histoire est simple : un gentilhomme arrive seul, bien ou mal coiffé ; mais il s'en va en compagnie et, pour ne pas rougir, nu-tête. Marie, quelles sommes vous a-t-on données ?

LA BONNE. — Madame, le petit blond m'a emprunté quarante sous pour sa voiture.

MADAME. — Ah ! vous placez votre argent, ma fille ! Montez vous coucher. *(La bonne sort.)*

MONSIEUR. — Le petit blond, oui, le journaliste, un garçon décemment élevé : il déclare qu'il n'a jamais un porte-monnaie dans le monde, parce qu'un portemonnaie fait gros sur la cuisse.

MADAME. — La bonne ment. Je parie qu'on lui bourre les poches. C'est autant que nous lui retiendrons sur ses gages. Nous recevons des gens mariés qui savent ce qu'on doit à une domestique.

MONSIEUR. — Les gens mariés pour de bon ne viendraient pas chez nous.

LA BONNE, *rentrant.* — Madame, j'oubliais, les cabinets sont encore bouchés !

MONSIEUR. — Encore ! Les cochons ! Je te dis qu'ils se retiennent dans la journée, pour nous offrir ça, le soir ! J'ai été obligé d'acheter une perche par économie. À chaque instant, il fallait déranger le plombier. Qu'est-ce que vous voulez, ma pauvre Marie ! Les cabinets ne sauraient passer la nuit dans cet état. Prenez la perche. Débouchez. Ne manquez pas d'éteindre le bec. *(La bonne sort.)*

MADAME. — Aère, mon ami, je t'en supplie.

MONSIEUR. — Oui, de l'air ! ouvrons. Ce plafond devrait s'enlever comme un couvercle.

MADAME. — Qu'est-ce que tu fais ? Tu ouvres l'armoire !

MONSIEUR. — Oui, l'armoire aussi. Je veux tout ouvrir. Ça empeste ici les fleurs crevées.

MADAME. — Qu'est-ce que j'aperçois caché au fond de l'armoire ?

MONSIEUR. — Un morceau de Champigny que j'ai arraché à ces affamés, sauvé pour notre déjeuner de demain.

MADAME. — Tu exagères. Nous ne recevons pas des moineaux.

MONSIEUR. — Si nous ne recevions rien du tout. À propos, pourquoi recevons-nous ?

MADAME. — Tu le prends sur ce ton, ingrat ! La semaine dernière, nos initiales paraissaient dans un journal.

MONSIEUR. — Certes, on gagne gros à être connu.

MADAME. — Avoue que nos soirées sont suivies.

MONSIEUR. — Preuve : les cabinets bouchés. Mais as-tu observé que souvent des gens perdent notre piste ?

MADAME. — D'autres les remplacent, et mardi prochain nous verrons… Il me l'a promis… Par exemple, j'ai couru pour l'avoir. Je l'annoncerai. On fera queue… Mais je te réserve la surprise.

MONSIEUR. — Dis-moi ta pêche, ou la fièvre me tiendra jusqu'à mardi.

MADAME. — Quand notre réputation se fonde, veux-tu t'enterrer vivant, mourir tout de suite ?

MONSIEUR. — C'est juste : allons d'abord dormir !

DAPHNIS, LYCÉNION ET CHLOÉ

RUPTURE

À Georges d'Esparbès.

DAPHNIS, LYCÉNION

I

DAPHNIS. — Je viens de faire ma dernière course à la mairie. Tout est prêt. Que ne peut-on s'endormir garçon et se réveiller marié !

LYCÉNION. — Moi, je suis allée chez le fleuriste. Il s'engage à fournir tous les jours un bouquet de quatre francs. Oh ! j'ai marchandé ! Par ces temps froids, ce n'est pas cher.

DAPHNIS. — Non, s'il porte les fleurs à domicile et si elles sont belles.

LYCÉNION. — Naturellement. Ensuite, j'ai prié Myrtale de nous chercher un éventail, une bague, une bonbonnière et quelques bibelots ravissants. Elle n'avait rien en boutique. J'ai dit que nous voulions nous montrer généreux, sans faire de folies toutefois.

DAPHNIS. — Évidemment. Et ce sera payable ?…

LYCÉNION. — À votre gré.

II

LYCÉNION. — Vous avez vu la petite aujourd'hui ?

DAPHNIS. — Oui, cinq minutes seulement. Sa mère a fixé la date. Nous nous marierons dans trois mois, le 18 mai.

LYCÉNION. — Trois mois, c'est long.

DAPHNIS. — C'est trop long. Aussi, n'est-ce pas, nous ne sommes plus obligés de nous quitter tout de suite. Nous avons le temps.

LYCÉNION. — C'est cela. Vous voulez que vos amours se touchent, et qu'il n'y ait qu'à enjamber pour passer d'une femme à l'autre. Mon pauvre ami, il vous faudra pendant ces trois mois priver la petite bête.

III

LYCÉNION. — Dites-lui bien que le bleu sied aux blondes. J'ai là une gravure de toilette exquise que je vous prêterai. A-t-elle du goût ?

DAPHNIS. — On n'a pas de goût à son âge.

LYCÉNION. — Elle m'intéresse, moi, cette petite. Je voudrais faire son éducation, et je la défendrais contre vous-même. Voyons, aime-t-elle les jolies choses ?

DAPHNIS. — Oui, quand elles sont bien chères.

IV

DAPHNIS. — Assisterez-vous à mon mariage ?

LYCÉNION. — Suis-je invitée ?

DAPHNIS. — Certainement.

LYCÉNION. — J'irai.

DAPHNIS. — Vous n'avez pas peur de trop souffrir ?

LYCÉNION. — Rien ne gronde dans mon cœur. Quand je me suis donnée à vous, ne savais-je pas qu'il me faudrait un jour me reprendre ? Mais le décrochage a été pénible. Nous n'en finissions plus. Nos deux âmes tenaient bien.

DAPHNIS. — C'est vrai. L'affaire a un peu traîné en longueur.

Lycénion. — Si je ne me sentais pas tout à fait détachée de vous, je couperais à l'instant, sans pitié, les dernières ficelles.

Daphnis. — Et plus tard, après le mariage, viendrez-vous nous voir ? Je vous présenterais comme une amie, une parente même.

Lycénion. — Ou une institutrice pour les enfants à naître. Plus tard, je les garderais ; vous pourriez voyager.

Daphnis. — Je me dispense de plaisanter. Chez moi, vous serez chez vous. Votre couvert sera toujours mis.

Lycénion. — Et ma place dans votre lit toujours bassinée.

Daphnis. — Pauvre amie, tu souffres !

Lycénion. — Pas du tout. Mais vous m'agacez avec votre système de compensations.

<h2 style="text-align:center">V</h2>

Daphnis. — Ne parlons donc point du présent, parlons du passé — qui a passé si vite.

Lycénion. — Comme vous êtes nature ! Une belle fille, et l'aisance vous attendent. Vous voilà casé. Vous croyez me devoir, en dommages et intérêts, quelque pitié. Il vous plairait d'être sentimental un quart d'heure au moins. Vous vous dites : « Puisqu'on me prépare un bon dîner, je vais regarder mélancoliquement ce coucher de soleil. »

Daphnis. — Alors, parlons de votre avenir. Que ferez-vous ?

Lycénion. — Je veux être sérieuse…

Daphnis. — Vous l'êtes déjà, et du bout des doigts vous tambourinez sur vos tempes comme un caissier qui trouve une erreur.

Lycénion. — Pratique. Ma santé ne me permettrait plus l'amour pour l'amour. Je chasserai au mari.

Daphnis. — Si la bête passe près de moi, je vous préviendrai.

Lycénion. — Riez. Dès demain matin, je commencerai mes courses.

Daphnis. — À quelle heure ?

Lycénion. — De bonne heure. Je me lève très bien, quand personne ne me retient au lit.

Daphnis. — Sincèrement, je vous enverrai des adresses.

VI

DAPHNIS. — C'est l'instant de nous énumérer nos qualités. Je commence : vous ferez une excellente épouse.

LYCÉNION. — Vous serez un bon mari, et si j'avais été plus jeune, je ne vous aurais pas cédé à une autre.

DAPHNIS. — Restons-en là.

VII

LYCÉNION. — Dites-moi : la petite est-elle propre ?

DAPHNIS. — Comme les fauteuils de sa mère un jour de réception.

LYCÉNION. — Veillez à ce qu'elle fasse régulièrement sa toilette intime : c'est très important.

VIII

DAPHNIS. — Avouez que, la première, vous avez songé à notre séparation. Moi, je me trouvais très bien.

LYCÉNION. — Encore !

DAPHNIS. — Oui, je vous ai aimée de toute ma force, et je crois qu'en ce moment même vous êtes ma vraie femme.

LYCÉNION. — Du calme, mon ami, vous allez dire des bêtises, et comme je ne vous permettrai pas d'en faire, vous me quitterez avec la faim.

DAPHNIS. — Tes lèvres ?

LYCÉNION. — Pas même mon front.

DAPHNIS. — Ta bouche, tout de suite…

LYCÉNION. — Faut-il sonner ?

DAPHNIS. — Comme au théâtre. C'est inutile. Votre esclave, votre femme de ménage est partie.

IX

LYCÉNION. — Oh ! nous resterons amis, de loin.

DAPHNIS. — Amis de faïence. Soyez certaine que je ne dirai jamais de mal de vous.

LYCÉNION. — Vous êtes trop bon. Si, de mon côté, il m'arrive de vous noircir, ce sera par politique et pour les besoins de ma cause. Me rendez-vous mon portrait ?

DAPHNIS. — Je le garde.

Lycénion. — Il vaudrait mieux me le laisser ou le déchirer que de le jeter au fond d'une malle.

Daphnis. — Je tiens à le garder, et je dirai : C'est un portrait d'actrice qui était très bien dans une pièce que j'ai vue.

Lycénion. — Et mes lettres ?

Daphnis. — Vos lettres froides de cliente à fournisseur, je les garde aussi. Elles me défendront si on me soupçonne.

X

Daphnis. — Je me vois descendant les marches de l'église avec la petite en blanc. Et je pense — faut-il vous le dire ? — je pense à des histoires de vitriol.

Lycénion. — Ah ! vous me sondez ! Eh bien, mon ami, changez vos idées au plus tôt : elles vous donnent l'air niais. Est-ce assez vilain, un homme qui a peur ? Car vous avez peur, et vous vous tiendrez sur la défensive, le coude levé en parapluie. Ce sera drôle à divertir un saint dans sa niche. Vous mériteriez… — mais je craindrais de tacher ma robe.

Daphnis. — Je m'en vais.

Lycénion. — Oui, je sais, vous vous en allez — tout à l'heure.

XI

Daphnis. — Quel beau livre on pourrait écrire sur nos amours. Il n'y aurait qu'à réciter.

Lycénion. — Un livre gris, dont tout le noir serait pour moi et pour vous toute la neige.

Daphnis. — Je crois que ça se vendrait.

XII

Daphnis. — Dites-moi : nos petites affaires sont bien réglées. Vous ne me devez rien. Je ne vous dois rien.

Lycénion. — Oh ! mon ami.

Daphnis. — Permettez. Je crois ne vous avoir pas rendue trop malheureuse, et je tiens à ce que tout se termine correctement. Oui ou non, vous dois-je quelque chose ?

Lycénion. — Voulez-vous une quittance ?

Daphnis. — Ma chère, vous êtes amère comme une orange dont il ne reste plus que l'écorce.

LYCÉNION. — Vous seriez bien aimable de vous en aller.

DAPHNIS. — J'ai toute ma soirée à moi.

LYCÉNION. — Je ne vous la demande pas.

DAPHNIS. — Mauvaise ! c'est moi qui vous demande humblement la vôtre, y compris la nuit, bien entendu.

LYCÉNION. — La nuit aussi ? Je vous en prie, ne vous forcez pas.

DAPHNIS. — Je vous assure que cela me ferait plaisir.

LYCÉNION. — Ainsi, vous me proposez, bonnement, de faire, une dernière fois, quelque chose comme la belle en amour. Ensuite nous nous donnerions une poignée de main et l'honneur serait satisfait. Vous êtes malpropre.

DAPHNIS. — Madame !

LYCÉNION. — Voilà que vous faites ces petits préparatifs de faux départ qui consistent à prendre son chapeau et à le poser successivement sur toutes les chaises, pour le reprendre encore et le reposer.

XIII

DAPHNIS. — Nous sommes arrivés.

LYCÉNION. — Moi du moins, et je descends de voiture, tandis que vous continuerez vers des pays neufs.

DAPHNIS. — Je voudrais, sans être banal, vous dire quelque chose de très tendre.

LYCÉNION. — Oui, le mot de la fin, le mot fleuri qui parfumera mon souvenir pour la vie. Vous ne le trouvez pas. Cherchez.

DAPHNIS. — Il me vient et s'en retourne. J'ai comme de la ouate dans la gorge.

LYCÉNION. — Ne vous faites pas de mal. Désenlaçons-nous sans douleur. Allez, et aimez bien la petite.

DAPHNIS. — Ah ! je l'aimerai — plus tard.

LYCÉNION. — C'est vrai. Il faut le temps de donner un peu d'air à votre cœur.

DAPHNIS. — Je vous vois calme. Il me semble que je vous laisse sur une bonne impression et que le moment est venu de partir. Vos nerfs dorment. Je m'en vais, doucement, à l'anglaise. Ne vous dérangez pas, il fait encore clair dans l'escalier.

Lycénion. — Quel vide, tout de même, et que de choses vous emportez !

Daphnis. — Oui, mais il vous reste le beau rôle.

MÉNAGE

À Gustave Geffroy.

DAPHNIS. — CHLOÉ
I

Chloé. — Tu ne sors pas assez. Si tu veux, ce soir, après dîner, nous ferons un tour.

Daphnis. — Par les allées où tombent les marrons, nous irons entendre les grenouilles de haie et les aigres sauterelles. Promets-moi que tu poseras un ver luisant dans tes cheveux, promets-le-moi.

Chloé. — Nous regarderons aussi quelques étoiles. C'est à cette époque qu'il en file le plus.

Daphnis. — Elles fondent de chaleur et se décrochent. Tu aimes donc les étoiles ?

Chloé. — J'aime tout ce que tu aimes.

Daphnis. — C'est commode. On n'a pas besoin de faire deux cuisines.

II

Chloé. — Je sais qu'un garçon doit « faire la noce », et je ne suis pas jalouse de tes anciennes maîtresses.

Daphnis. — Tu me permettras de t'en parler quelquefois. Pourquoi n'en es-tu pas jalouse ? Ton dédain me froisse. Je les ai aimées, ces femmes. Elles ont compté dans ma vie. Plusieurs étaient fort bien.

Chloé. — Je veux dire qu'un jeune homme doit jeter sa gourme.

Daphnis. — Pourquoi ? Pourquoi ? s'il n'a pas d'humeur et s'éponge régulièrement la tête.

Chloé. — Mais lequel des deux instruirait l'autre ?

Daphnis. — Souviens-toi d'Ève : ils achèteraient un serpent.

CHLOÉ. — Un mari vierge est ridicule, le nies-tu ?

DAPHNIS. — Ridicule, la propreté du cœur ! Où prenez-vous ce goût des hommes impurs ?

CHLOÉ. — Ils sont éprouvés.

DAPHNIS. — Ils n'ont que servi. Vous voulez être notre unique amour, et peu vous importe que nous ayons connu d'autres femmes avant vous.

CHLOÉ. — Tu oses me comparer…

DAPHNIS. — Il lui déplaisait, à elle aussi, d'être comparée.

CHLOÉ. — Qui ça, *Elle ?* je veux savoir tout de suite.

DAPHNIS. — Celle qui m'a le plus adouci mes devoirs de noceur.

III

CHLOÉ. — Je suis la plus heureuse des femmes. Et toi ?

DAPHNIS. — N'insultons pas au malheur des autres.

CHLOÉ. — Tu te plains sans cesse.

DAPHNIS. — Je me plains comme j'entends. C'est chez moi un sens et je m'applique à découvrir sous sa couche de sable fin la grasse terre rouge du terre à terre.

CHLOÉ. — Va ! pérore en mauvais style à quatre épingles ! La vérité, c'est que ma robe ne coûte que dix-neuf francs, et je l'ai réussie moi-même, seule ! Es-tu content ?

DAPHNIS. — Vingt sous de plus, elle t'allait presque.

CHLOÉ. — Faites donc des frais !

DAPHNIS. — Contre remboursement.

CHLOÉ. — Quel plaisir éprouves-tu à me dire des choses dures !

DAPHNIS. — Il ne faut pas croire que cela m'amuse toujours.

CHLOÉ. — Tu ne les penses pas, au moins ?

DAPHNIS. — Non ; ce sont elles qui me passent par la tête !

CHLOÉ. — Ta littérature te fait mal.

DAPHNIS. — Oui, oui : culte de l'art ! religion du beau ! c'est ça ! Il n'y a pas de Christ sans épines.

IV

CHLOÉ. — Tu te rappelles comme nous nous sommes roulés sur l'herbe !

Daphnis. — Mais nous avons peu roulé sur l'or.

Chloé. — Bah ! quand nous serons très riches !…

Daphnis. — Nous serons donc très riches ?

Chloé. — Mon Daphnis, dès que tu auras gagné beaucoup d'argent, nous serons très riches. Oh ! je ne tiens pas à l'argent.

Daphnis. — Avec un chiffre de combien assuré ? Je me disais, jeune marié : « Voilà une femme courageuse que la misère n'effraiera pas et qui vivra avec moi sous une cabane de cantonnier ! » et je ne demandais au Seigneur que de nous donner notre pain quotidien, du pain de ménage si c'était possible, jusqu'au jour de ma mort où tu ferais la grande collecte définitive.

Chloé. — Tu m'honorais. Mais si cette bonne opinion de moi t'encourage à la paresse, je préfère tout de même que tu arrives.

V

Chloé. — Quand tu es là, devant ton bureau, et que tu n'écris pas, qu'est-ce que tu fais ? Assurément, penser, c'est travailler. Il est des paresses fécondes. Remarque comme je retiens aisément tes phrases. Mais (suis-je sotte ?) j'aime mieux te voir, dans ton intérêt, un porte-plume à la main.

Daphnis. — Il fallait le dire ! Tranquillise-toi. Désormais j'aurai un manche de pioche.

VI

Chloé. — Tu seras célèbre.

Daphnis. — Diable ! y tiens-tu ? je ne te le garantis pas.

Chloé. — Tu seras célèbre, j'en suis sûre, quand tu seras vieux, ou ce que disent les journaux ne signifierait rien.

Daphnis. — En ce temps-là, je n'écrirai plus que des préfaces pour les jeunes.

Chloé. — Il faudra être bon pour eux, les recevoir tous.

Daphnis. — Par fournées.

Chloé. — J'y veillerai. Protectrice accueillante et constamment en train de sourire, sur le seuil de ta porte, c'est moi qui leur dirai, les poussant d'une tape amicale : « Entrez, le maître est là ! »

VII

Daphnis. — Je mets des heures à écrire une ligne. Est-ce que je travaille trop ou pas assez ? je ne sais plus.

CHLOÉ. — Est-il nécessaire que tu remplisses de si gros livres ?

DAPHNIS. — Les éditeurs te diront qu'il ne faut pas voler le public.

CHLOÉ. — Du courage ! je serai ta compagne fidèle.

DAPHNIS. — Prends garde ! c'est un emploi qui exige du savoir et de la délicatesse. Chauffe tes parfums à distance. Verse doucement la louange, comme si tu préparais une absinthe, et ne t'arrête jamais, sous aucun prétexte, d'admirer toujours « ce que j'ai fait de mieux jusqu'ici » !

VIII

CHLOÉ. — Alexandre Dumas père avait-il du talent ? Je te demande cela parce qu'il m'amuse, tu sais !

DAPHNIS. — Donc il en avait. Son fils en pense le plus grand bien. Tu n'apprécies pas la littérature moderne ?

CHLOÉ. — Si, j'ai lu quelques-uns de tes livres préférés. Des fois, bon Dieu, que c'est intense ! Oh ! la ! la ! On y trouve aussi moins de répétitions, mais tes écrivains voient trop noir.

DAPHNIS. — L'optique progresse. Son éducation faite, l'œil regarde au fond des choses, et toutes les choses, avec le temps, déposent.

CHLOÉ. — Dommage ! Je lis pour mon plaisir.

DAPHNIS. — Achève le vers : « et non pour mon supplice ! »

CHLOÉ. — Car, moi, je suis gaie, gaie !

DAPHNIS. — Marions-nous encore.

CHLOÉ. — Et je sens que jamais je ne m'habituerai à la tristesse.

DAPHNIS. — C'est qu'alors tu mourras jeune, bientôt.

IX

CHLOÉ. — Tu ne m'as pas dit tes idées en politique. Tu ne votes même pas. Es-tu inscrit ? je parierais que non.

DAPHNIS. — Et pourtant, un gouvernement « c'est de l'air qu'on respire » ! conseille-moi.

CHLOÉ. — Je n'y entends rien, mais quand mes amies me demandent : « Ton mari est-il républicain ? » je suis confuse et je réponds tantôt oui, tantôt non, au hasard. Déroutées, elles finissent par ne plus savoir à quoi s'en tenir. Je t'aimerai bien : choisis un parti, celui que tu voudras, pour nous fixer.

X

CHLOÉ. — J'entre volontiers dans une église, me rafraîchir. Mais, je l'avoue, je ne prierais, à mon aise, sans choisir mes mots, que devant la belle nature.

DAPHNIS. — Et sur une hauteur, afin d'élever plus vite ton cœur dirigeable vers Dieu, polyglotte.

CHLOÉ. — Tu vois, tu te moques quand je fais la bête, et tu te moques quand je comprends tout. Suis-je pas la femme d'un libre penseur ?

DAPHNIS. — Nous irons tous deux à la messe demain.

XI

CHLOÉ. — Veux-tu me faire un plaisir pour ma fête ? Rends-moi le droit que je t'ai donné d'assister à mes toilettes.

DAPHNIS. — Tu te négligerais.

CHLOÉ. — C'est si gênant ! pouah !

DAPHNIS. — Qu'est-ce que tu as de sale ?

CHLOÉ. — Il y a des choses qu'un mari ne doit pas voir.

DAPHNIS. — Ce sont celles-là que je veux voir. Dès qu'on aime moins, on se tient mal. L'amour vit de beaucoup d'eau fraîche. Je te sens mienne si, à quelque heure que je te surprenne, tu me montres des ongles plus lumineux que des croissants de lune, des cheveux rangés, en place, une bouche neuve comme l'intérieur des abricots. Lis la Bible : on s'y lave les pieds à tout bout de chemin. Je parle gravement. N'oublie pas notre convention.

CHLOÉ. — Non : « nous nous préviendrons mutuellement (car on ne se connaît pas soi-même) qu'une visite au dentiste paraît nécessaire. »

DAPHNIS. — C'est d'une importance immesurable. Une dent gâtée gâte tout.

CHLOÉ. — Compte sur moi. Comme nous nous aimons ! Qui dénombrera les êtres anéantis dans nos nuits d'amour ? Ma conscience a la chair de poule. S'il y avait crime !

DAPHNIS. — Put ! cinq minutes avant la vie on est encore mort : aussi, ne te presse pas. N'anéantis pas trop vite. Ça jette un froid.

CHLOÉ. — Un mot, pendant que j'y pense, relatif à notre convention. Tu ne te fâcheras pas, mon Daphnis : il m'a semblé, ce matin, que ton haleine…

XII

CHLOÉ. — Nos enfants sont notre joie. Ils nous occupent toute la journée.

DAPHNIS. — Ils ne nous laissent pas un instant de liberté.

CHLOÉ. — C'est juste ! Nous avons dû renoncer au théâtre, au monde, et hier encore nous refusions une invitation à dîner.

DAPHNIS. — Les pauvres petits sont si gentils qu'on n'a pas le courage de leur en vouloir.

CHLOÉ. — Suppose un instant que nous n'en ayons pas.

DAPHNIS. — Ou qu'ils soient morts.

CHLOÉ. — Tu vas trop loin. Je disais cela comme autre chose. Que ferions-nous de notre liberté ? Le café-concert ne donne pas le bonheur, et ma vie aura été belle, si je meurs la première des quatre.

DAPHNIS. — Crois-tu que je ne demande pas, moi aussi, de mourir le premier ? Aurais-tu seule du cœur et des sentiments ? Il est dur de voir mourir ceux qu'on chérit. Certainement.

CHLOÉ. — Sois franc : te remarierais-tu ?

DAPHNIS. — Non ; je chercherais une vieille gouvernante pour les enfants, et pour moi, plus tard, une maîtresse quelconque que je verrais de temps en temps. Un homme n'est jamais embarrassé.

CHLOÉ. — Tu es franc. Si ta maîtresse venait ici, ôterais-tu mon portrait ?

DAPHNIS. — Elle n'y viendrait pas. D'ailleurs, repose tranquille. J'ai le respect du passé. Je garderais ce que tu aimes, avec soin, dans une armoire : tes chemises fines, ta dernière robe, ton boa, et ta fille devenue grande n'y toucherait que tout émue. Il est inutile que tu emportes au tombeau tes bagues et tes bijoux de prix. Elle les retrouvera. Si je voyais la paire de fins souliers où j'appris à marcher, je m'attendrirais. Où est-elle ?

CHLOÉ. — Tu plaisantes ; changeons de conversation.

DAPHNIS. — Ce serait dommage, car, avoue-le, celle-ci te plaît. Tu m'y provoques sans cesse. Je me blâmerais de te contrarier. Tu m'interroges, je réponds, et, afin de m'amuser aussi, je m'efforce d'égayer le sujet.

CHLOÉ. — Oh ! je voudrais tant savoir…

DAPHNIS. — Quoi ? La solution du problème de la destinée ?

CHLOÉ. — Je voudrais tant savoir ce que tu feras quand je ne serai plus là. Écoute ce que je ferai, moi. Ne t'en inquiètes-tu point ? Je jure de ne pas me remarier.

DAPHNIS. — Tu aurais tort de te gêner. Assez jeune, encore belle, au bout de trois ou quatre ans, mettons cinq, tu rencontreras un brave garçon enchanté de t'accueillir, toi et ta famille.

CHLOÉ. — Sans doute, mais si je tombe mal ?

DAPHNIS. — On n'a pas de la chance tous les jours.

CHLOÉ. — Il désirera d'autres enfants, ce monsieur.

DAPHNIS. — Dame, mets-moi à sa place.

CHLOÉ. — Et les nôtres seront malheureux.

DAPHNIS. — Ne te remarie pas. Toutefois, si tu restes veuve par peur, quel mérite aurais-tu ?

CHLOÉ. — Ne parlons plus de ces choses. Elles attristent.

DAPHNIS. — À ton gré. Je m'y habitue.

CHLOÉ. — Pourquoi ce ton d'ironie fausse et fatigante ? Tu crains la mort comme les autres et ton tour viendra.

DAPHNIS. — Je le céderai aussi souvent que possible. Je jetterai mon numéro par terre et l'écraserai du pied.

CHLOÉ. — Grand bête ! Réflexion faite, toi parti, je me consacrerai à mes enfants ; je les élèverai moi-même, je leur apprendrai à lire.

DAPHNIS. — Toute leur vie ?

CHLOÉ. — Non, hélas ! mais je m'engage à leur suffire quelques années. Rien ne leur manquera. Ta présence ne sera pas indispensable.

DAPHNIS. — Si j'allais me promener !

CHLOÉ. — Cesse de me taquiner, je t'en supplie. Laisse-moi finir. Oui, je me charge de commencer leur éducation. Puis, je devrai les mettre au lycée, songer à leur avenir, leur donner le goût d'une profession, les pousser dans le monde. Je perdrai la tête.

DAPHNIS. — Alors, tu souhaiteras qu'un homme à poigne se montre, le brave garçon d'abord dédaigné.

CHLOÉ. — Il faudra marier ma fille. M'y résoudrai-je, mon Dieu ?

DAPHNIS. — Un second homme à poigne sera nécessaire.

CHLOÉ. — Tu ris et j'ai envie de pleurer. On a beau dire, une mère n'est pas un père. J'exagérais tout à l'heure. Je ne puis que les débarbouiller, les chers petits, couper leurs ongles, les habiller coquettement, arrondir leurs joues, leur créer une santé forte. Une gouvernante bien payée me remplacerait.

DAPHNIS. — Je tâcherai de la choisir bonne.

CHLOÉ. — Je hais, sans la connaître, cette femme qui me volera mes enfants.

DAPHNIS. — As-tu remarqué ? Déjà l'aîné se détourne de toi pour venir à moi. Tu le couvais, hier ; il s'échappe aujourd'hui, et maintenant il veut tout faire comme papa.

CHLOÉ. — Je m'en irais ce soir ou demain, que l'ingrat m'aurait oublié dans quinze jours.

DAPHNIS. — Et notre calme existence, un moment dérangée, reprendrait peu à peu son train quotidien. Décidément, tu as raison : il vaut mieux que tu meures la première.

XIII

CHLOÉ. — T'aurais-je épousé, si tu avais été impropre au service militaire ? Mais nous n'aurons pas la guerre, hein ?

DAPHNIS. — Entêtée ! Il y a vingt ans qu'on te dit que si.

CHLOÉ. — Accepte-t-on des ambulancières ? je te suivrai au bout du monde.

DAPHNIS. — Quel chapeau mettras-tu ?

CHLOÉ. — Je suis sérieuse. J'ai le pressentiment que tu ne reviendrais plus.

DAPHNIS. — Ne t'y fie pas.

CHLOÉ. — Oh ! je t'attendrai.

DAPHNIS. — Avec qui ?

CHLOÉ. — Je te défends de me parler ainsi, même en riant.

DAPHNIS. — Pleures-tu parce que je te fais de la peine ? Te fais-je de la peine, pour t'aider, parce que tu as périodiquement envie de pleurer ? Ou suis-je homme à t'en vouloir, simplement parce que je t'aime ?

<h2 style="text-align:center">XIV</h2>

DAPHNIS. — Il est sain, ma Chloé, de brûler d'un coup, de temps en temps, tous les torchons du ménage. On me l'a bien recommandé !

CHLOÉ. — Qui ça encore ? *On !*

DAPHNIS. — La même.

CHLOÉ. — Je te pardonne tes taquineries. Mais écoute, si je m'aperçois de quelque chose, tu m'entends, ce sera fini entre nous, ir-ré-vo-ca-ble-ment.

DAPHNIS. — On « lit » ça. Je vois l'adverbe écrit à la porte de ton cœur, en lettres de gaz.

CHLOÉ. — Regardez-le serrer ses lèvres plates de lézard ! Hou ! le peut ! que tu m'agaces ! À la fin, qu'est-ce que tu as ? Qu'est-ce qu'il te faut ? Qu'est-ce que tu veux ? Âne rouge !

DAPHNIS. — Je voudrais être tantôt le premier homme de lettres de France, et tantôt le dernier homme des bois.

<h2 style="text-align:center">TIENNETTE LA FOLLE</h2>

<h3 style="text-align:center">LE CHRIST PUNI</h3>

Passant au pied de la croix plantée hors du village et qui semble le garder contre une surprise, Tiennette la folle voit que le Christ est tombé.

Cette nuit, sans doute, le grand vent l'a décloué et jeté par terre.

Tiennette se signe et redresse le Christ, en prenant des précautions, comme pour une personne qui vit encore. Elle ne peut pas le remettre sur la croix trop haute ; elle ne peut pas le laisser tout seul, au bord de la route.

D'ailleurs, il s'est fait mal dans sa chute et des doigts lui manquent.

— Je vais porter le Christ au menuisier, dit-elle, afin qu'il le répare.

Elle le saisit pieusement par le milieu du corps et l'emporte, sans courir. Mais il est si lourd qu'il glisse entre ses bras et que fréquemment, d'une violente secousse, elle doit le remonter.

Et chaque fois, les clous dont on a percé les pieds du Christ accrochent la jupe de Tiennette, la soulèvent un peu, découvrent ses jambes.

— Voulez-vous bien finir, Seigneur ! lui dit-elle.

Et simple, Tiennette donne aux joues du Christ de légères tapes, délicatement, avec respect.

L'ENFANT DE NEIGE

Il neige, et par les rues, nu-tête, Tiennette la folle court comme une folle. Elle joue toute seule, attrape au vol des mouches blanches avec ses mains violettes, tire la langue où se dissout une pastille légère qu'on goûte à peine et, du bout du doigt, écrit des bâtons et des ronds sur la nappe éclatante.

Plus loin, elle devine que cette petite étoile est tombée d'une patte d'oiseau, cette grande d'une patte d'oie, et cette autre, inconnue, des cieux peut-être.

Une fois, les semelles qui la grandissaient jusqu'aux chaumes et lui donnaient le vertige se décollent. Elle s'écroule et reste longtemps par terre, en croix, bien sage, tandis que son portrait se moule.

Puis elle se fait un enfant de neige.

Il a des membres tordus et rétrécis par le froid. Il a des yeux crevés, au nez un trou unique qui en vaut deux, et une bouche sans dents, un crâne sans cheveux, parce que les cheveux et les dents c'est trop difficile.

— Le beau petit ! dit Tiennette.

Elle le serre contre son cœur, le berce en sifflotant, et dès qu'il fond un peu, elle le change vite, le roule maternellement dans la neige fraîche pour l'envelopper d'une couche propre.

TIENNETTE PERDUE

Tiennette sort, s'il lui plaît, va où elle veut, et son innocence la protège. Elle marche vite, ne se promène pas, semble toujours fuir.

Ce matin, comme elle a quitté la maison depuis une heure d'horloge, elle s'arrête et dit :

— Mon Dieu ! je me suis perdue !

Elle regarde, réfléchit, se cherche, troublée.

La campagne disparaît sous la neige. Les arbres en ont plein leurs branches ; on dirait que celui-là s'est vêtu comme un voyageur qui attend la diligence.

Mais Tiennette remarque sur la neige ses propres traces toutes fraîches, et l'idée lui vient de se suivre, pour se retrouver.

Tantôt elle pose doucement ses pieds au creux de ses pas, et si d'autres traces croisent les siennes, elle se baisse et les démêle. Tantôt elle court, hors d'haleine, avec des loups dans le dos.

Quand elle arrive au village et reconnaît sa maison parmi les formes accroupies :

— J'ai dû simplement rentrer, pense-t-elle.

Elle ne se hâte plus. Elle respire, ôte son inquiétude comme un châle trop lourd de ses épaules, pousse la porte et dit, l'esprit calmé :

— J'en étais sûre : me voilà !

LA BAGUETTE

Tiennette roule une baguette entre ses doigts, la gratte avec ses ongles, la mord du bout des dents, la déshabille de son écorce. Elle s'avance sur la route et dit aux arbres :

— Vous savez que je me marie aujourd'hui. Sérieusement, je vous assure. Il m'aime, je l'attends.

Elle leur sourit à droite et à gauche, répète déjà la cérémonie.

Or une voix qui part des arbres lui ordonne :

— Ôte ton bonnet, Tiennette.

Elle hésite, regarde les arbres d'où s'échappe un souffle et demande en tremblant :

— Est-ce vous, cette fois ?

— Oui, Tiennette ; ôte ton bonnet.

Confiante, elle jette son bonnet comme elle a jeté les feuilles de sa baguette.

— Ôte ta camisole, Tiennette.

Elle obéit, jette sa camisole comme elle a jeté les menues branches de sa baguette.

— Ôte ta jupe, Tiennette.

Elle en va dénouer d'une main les cordons, mais elle voit dans son autre main la baguette sans écorce, toute nue, et, soudain réveillée, Tiennette ramasse pudiquement son bonnet, sa camisole et se sauve loin du libertin qui voulait encore l'attraper et qui rit derrière les arbres.

TIENNOT

L'HOMME AUX CERISES

Tiennot se promenant par le marché voit des paniers pleins de cerises si gonflées et si rouges qu'elles ont l'air faux. Il dit au marchand :

— Laissez-moi manger autant de cerises que je voudrai, moyennant dix sous.

Le marchand accepte, sûr d'y gagner, car les cerises ne sont pas rares cette année, et au prix qu'elles se vendent, pour dix sous il en donnerait une brouettée.

Tiennot se couche au milieu des paniers, sur le flanc droit.

Sans se presser, il choisit les belles cerises et les mange une à une.

Lentement, il vide le premier panier, puis le second.

Le marchand sourit. De temps en temps, les gens du marché viennent voir. Le pharmacien montre la tête ; le cafetier aussi. On encourage Tiennot.

Il se garde de répondre. Immobile, il ouvre et referme la bouche avec méthode. Souvent, au passage d'une cerise plus juteuse que les autres, il semble dormir.

Le marchand, déjà inquiet, pense :

— Je n'y perdrai peut-être rien, mais je n'y gagnerai guère.

Et serrée entre ses doigts, sa pièce de dix sous diminue de valeur.

Soudain, allègre, il dit :

— Enfin !

Tiennot remue, essaie de se lever d'un effort qui paraît pénible. Mais il change seulement de côté, et, retourné sur le flanc gauche, tend la main vers un autre panier.

Toutefois, mis en appétit, il commence d'avaler les noyaux des cerises.

LA FONTAINE SUCRÉE

Tiennot se désaltère dans l'eau d'une fontaine. Sa main d'abord lui sert de tasse ; puis il préfère boire à même, couché sur la fontaine où trempent son menton et son nez. Quand il souffle, il regarde des bêtes et le petit panache blanc de l'eau qui sourd.

— Elle est bonne, dit-il, mais je crois que sucrée elle serait meilleure.

Il court au village, achète un morceau de sucre et, la nuit venue, retourne, sans se faire voir, le déposer dans la fontaine.

— Demain matin, dit-il, tout seul je me régalerai.

Les hommes dorment encore que Tiennot quitte son lit et se hâte vers la fontaine.

Avant de goûter l'eau, il dit, les lèvres en suçoir :

— Ah ! qu'elle est fameuse !

Il se penche, la goûte et dit, les lèvres rentrées :

— Oui. Non. Elle n'est pas plus sucrée qu'hier.

Il s'ébahit, les yeux sur son image déconfite.

— Dieu ! que je suis bête ! s'écrie-t-il ; un enfant comprendrait : l'eau coule, et mon sucre fondu a coulé comme elle. Il est sorti de la fontaine et se sauve à travers le champ ; il ne doit pas aller vite, je le rattraperai.

Et Tiennot s'éloigne, marche le long du ruisseau. Régulièrement il compte vingt enjambées et s'arrête. Il boit une gorgée qu'il savoure. Mais soudain il hoche la tête et repart à la poursuite de son sucre.

LE POING DE DIEU

En blouse courte, coiffé d'un chapeau haut de forme à longs poils, Tiennot revient de la foire. Il a tout vendu, son cochon, ses fromages, ses deux vieilles poules, et les poules il les a vendues comme poulets, après les avoir soûlées de vin.

Pleines de vie, l'œil brillant, la fièvre aux ailes, aux pattes, elles ont trompé une dame confiante qui, sans doute, les soupèse maintenant, avec surprise et colère, pendantes, froides, crevées. Tiennot sourit ; il ne se repent pas, il en a réussi bien d'autres. Il zigzague, les jambes molles, tient toute la route, car tandis que les poules piquaient des gouttes de vin dans leur écuelle, il buvait le reste de la bouteille.

Or un vélocipédiste crie, un grelot sonne, une trompe corne derrière lui. Il n'entend pas. Il va d'un bord à l'autre de la route, écarte les bras, gesticule, attendri comme s'il revendait une deuxième fois ses poules.

Et soudain il reçoit sur son chapeau à longs poils un coup de poing qui l'écrase.

Tiennot s'arrête, fléchissant, la tête dans la nuit jusqu'aux oreilles, prisonnière. Il essaie de relever son chapeau ; il y met le temps : la tête a forcé et le crâne est douloureusement cerclé. Tiennot se débat, peine, hurle, enfin se dégage.

Il regarde : personne sur la route, ni devant, ni derrière. Il regarde par-dessus la haie, à droite, à gauche.

Il ne voit rien.

Et Tiennot, qui a vendu des poules soûles, fait machinalement le signe de la croix.

LE BEAU BLÉ

Sur la route sèche et sous le soleil brûlant, Tiennot et Baptiste s'en reviennent dans leur voiture à âne. Comme ils passent près d'un champ de blé mûr, Baptiste, qui s'y connaît, dit :

— Le beau blé !

Tiennot, qui conduit, ne dit rien ; il voûte son dos. Baptiste voûte

le sien pareillement, et leurs nuques découvertes, insensibles, rô-
tissent peu à peu, luisent comme des casseroles de cuivre.

Tiennot machinal tire ou secoue les guides. Parfois il lève un bâton et frappe avec vivacité les fesses de l'âne, ainsi qu'une culotte
crottée. L'âne ne change pas d'allure ; il penche la tête, sans doute
pour voir le jeu de ses sabots qui se déplacent régulièrement l'un
après l'autre et ne se trompent jamais. La voiture le suit autant que
possible ; une ombre boulotte traîne derrière ; Tiennot et Baptiste
se courbent plus bas encore.

Ils traversent des villages qu'on croirait abandonnés à cause de la
chaleur. Ils rencontrent des gens rares qui ne font qu'un signe. Ils
ferment les yeux aux reflets blancs du chemin.

Pourtant ils arrivent le soir, très tard. On finit toujours par arriver. L'âne s'arrête devant la porte, dresse les oreilles. Baptiste et
Tiennot engourdis remuent leurs fourmilières, et Tiennot répond
à Baptiste :

— Oui, c'est un beau blé.

LE CASSEUR DE PIERRES

LE RENSEIGNEMENT

— Pardon, mon ami, combien faut-il de temps pour aller de
Corbigny à Saint-Révérien ?

Le casseur de pierres lève la tête et, pesant sur sa masse, m'observe
à travers le grillage de ses lunettes, sans répondre.

Je répète la question. Il ne répond pas.

— C'est un sourd-muet, pensé-je, et je continue mon chemin.

J'ai fait à peine une centaine de mètres, que j'entends la voix du
casseur de pierres. Il me rappelle et agite sa masse. Je reviens et il
me dit :

— Il vous faudra deux heures.

— Pourquoi ne me l'avez-vous pas dit tout de suite ?

— Monsieur, m'explique le casseur de pierres, vous me demandez
combien il faut de temps pour aller de Corbigny à Saint-Révérien.
Vous avez une mauvaise façon d'interroger les gens. Il faut ce qu'il

faut. Ça dépend de l'allure. Est-ce que je connais votre train, moi ? Alors je vous ai laissé aller. Je vous ai regardé marcher un bout de route. Ensuite j'ai compté, et maintenant je suis fixé ; je peux vous renseigner : il vous faudra deux heures.

LA RETRAITE

Il est heureux. Il vit principalement sur la route et compare, hochant la tête, les cantonniers d'autrefois à ceux d'aujourd'hui. Il marche à tout petits pas, comme s'il cassait encore des cailloux, et ne se déplace jamais plus vite que le soleil.

Il ne rentre que pour la soupe. Il habite alors sa cheminée. Tandis que la marmite bout, il allonge le bras d'un geste régulier, prend du feu avec sa main droite et l'écarte sur le dos de sa main gauche.

Puis, la soupe mangée, jusqu'à l'heure du coucher, il fait cuire des crachats.

LE CHERCHEUR D'OR

Harpagonnet avait dans sa bourse deux pièces d'or volées à son père. Fréquemment il tâtait sa poche, sentait les pièces, et, fidèle gardienne, sa main ne s'éloignait pas. Bientôt il n'y tint plus ; il voulut les contempler, ouvrit la bourse et les mania.

Et voici que les deux pièces tombèrent, roulèrent, folles, dépistèrent ses yeux lancés à leur poursuite, disparurent.

Harpagonnet, sans bouger de place, les pieds collés, s'accroupit et chercha. Il tremblait et suait, malade d'angoisse. Il épluchait le sable comme un plat de lentilles. Il eût ainsi retourné la Terre.

Quand il trouva la première pièce, son cœur battit moins fort. Il trouva la seconde et son cœur se tut. Il les compta, fit la preuve. Il les ravait bien toutes les deux, celle-ci, celle-là. Il les rentra dans sa bourse, serra les cordons comme on étrangle, et souffla.

Puis il ne se releva pas.

L'endroit était bon.

Et râtelant encore le sable avec ses ongles, Harpagonnet se mit à chercher d'autres pièces d'or.

COCOTES EN PAPIER

LE MONSTRE

Marthe sort avec sa mère du Salon de peinture, très grave. Depuis quelque temps elle se pose une question indiscrète et tâche en vain d'y répondre. Cette promenade au milieu de tableaux ajoute encore à son trouble. Elle a vu les plus belles femmes qui soient, sans voile, et si nettement dessinées qu'elle aurait pu suivre, du bout du doigt, les veines bleues sous les peaux claires, compter les dents, les boucles de cheveux et même des ombres sur des lèvres.

Mais quelque chose manquait à toutes.

Et pourtant elle a vu les plus belles femmes qui soient !

Marthe dit à sa mère un bonsoir triste, rentre dans sa chambre et se dévêt, pleine de crainte.

La glace lumineuse et froide rend les images en les prenant. Marthe, inquiète, lève ses bras purs. Telle une branche, d'un lent effort, se déplace et montre un nid.

Marthe candide ose à peine regarder son ventre nu, pareil à l'allée d'un jardin où naît déjà l'herbe fine.

Et Marthe se dit :

— Est-ce que, seule entre toutes les femmes, je vais devenir un monstre ?

LA MACHINE À COUDRE

La mansarde de Mimi n'est pas moins pauvre qu'autrefois. Sous la lucarne ouverte, une fleur sèche dans une tasse, et, sur le parquet nu, se déplace lentement l'ombre d'un tuyau de cheminée.

Mais Mimi nous tourne le dos. Sage maintenant, le cœur calmé, fille d'ordre que l'avenir inquiète, elle fait, de l'aube au crépuscule, marcher sa machine à coudre. Et sans doute cette vie réglée lui vaut mieux. Déjà elle ne tousse presque plus. Comme elle travaille !

Par crainte de la déranger, on s'approche discrètement, et tout de suite on voit que Mimi nous trompe encore.

Elle ne travaille point.

Le front penché, les bras roidis, elle étreint avec ses mains la tablette de sa machine. Elle se soucie peu des bobines sans fil et de l'aiguille cassée. Elle ne surveille que le mouvement de ses jambes. Elle rompt sa délicate cheville à la fatigue. Grisée de vitesse, étourdie par le volant qui ronfle, elle se trémousse et s'échauffe.

Dans tous ses états, Mimi s'exerce pour n'être pas trop gauche dimanche prochain, quand son ami lui donnera sa première leçon de bicyclette.

LES SOULIERS

Au réveil, Lebleu s'aperçoit que ses souliers ne sont plus là. On ne le laissera donc jamais tranquille ! Il ne s'emporte pas, il n'agite pas sa baïonnette en criant : « Mes souliers ou je crève un ventre ! » Il se lève, s'habille, et, pieds nus, se prépare, comme les autres pour la revue.

Les hommes de la chambrée l'épient et sifflent des airs. Ils riront tout à l'heure ; ils n'auront jamais tant ri.

Or Lebleu, penché sur ses courroies, astique, indifférent, s'abrutit avec la conscience d'un futur premier soldat, et transforme son ceinturon en pur miroir.

Le voilà prêt. Il ne lui manque que ses souliers. Peut-être paiera-t-il un litre à qui les lui rendra ! Les camarades s'impatientent, tiennent mal en place, car l'imbécile, décidément, refuse de gueuler.

Afin d'exciter sa rage, ils rient d'avance.

Mais Lebleu leur prouve qu'on le croit moins bête encore qu'il ne l'est.

L'heure de la revue va sonner. Toujours calme, il prend ses brosses, sa boîte de cirage, et se met, sans rien dire, à cirer ses pieds nus.

PETITES MANŒUVRES

De vingt-huit jours en vingt-huit jours la théorie change et suit, comme le reste, le progrès universel. Aujourd'hui c'est un essai de commandements par gestes. Notre lieutenant tend la main à droite et nous allons à droite, en avant et nous marchons en avant. Il baisse les bras, on s'arrête. Il s'agenouille, on s'agenouille, et ainsi de suite, jusqu'à ce qu'il se couche pour nous faire coucher.

En ce moment, du doigt, il nous désigne une ferme perchée sur le coteau. Nous nous élançons ; les fusils brimbalent ; les lourds sacs dansent sur les dos ronds. On dirait que des colporteurs vont s'arracher l'acheteur qui les attend là-haut.

Nous y voilà ; nous n'avons pas poussé un cri. La ferme et le verger sont à nous. L'ennemi a mangé les œufs, hélas ! les pommes et les prunes ; mais il s'est éclipsé, discrètement, lui aussi, comme par une fausse porte d'église.

Et voici qu'après la poudre sans fumée, on nous promet la poudre sans bruit, et peut-être qu'un jour, chut ! parlons bas ! vingt mille hommes, muets de rage, s'entretueront dans un tel silence qu'on entendra une mouche voler.

LE BOUTON

Mon capitaine, que je croise et salue, m'arrête et me dit :

— Vous avez un bouton de votre capote mal cousu. Il ne tient pas.

Et vif, il pose un doigt sur le bouton, comme s'il voulait l'empêcher de tomber.

Sans remuer la tête, l'œil plongeant, je tâche, par delà mon nez, d'apercevoir le bouton.

— Il me paraît tenir, mon capitaine.

— Croyez-vous ? Je pourrais ne pas discuter. Mais vous êtes intelligent ; vous occupez dans la vie civile une situation distinguée. Je le sais et j'en tiens compte. Si le soldat défend la patrie, je comprends que l'écrivain chante sa gloire. J'ai la prétention de connaître mes hommes et de les juger à leur valeur. En un mot, j'applique le règlement avec tact et, pour vous, je désire me montrer bon garçon ; mais votre bouton ne tient pas du tout.

— Cependant, mon capitaine…

Enhardi par son affabilité, je déplace une main, je saisis mon bouton, je tente de l'arracher et n'arrive qu'à osciller sur pied.

— Je constate en vieillissant, dit mon capitaine, que les égards ne servent à rien. Tous les mêmes, tous têtus, vous voulez jouer au plus malin. Ah misère ! Dégourdi, va ! Enfin, bref !

Et mon capitaine tire son sabre ; il le couche sur ma poitrine ; puis il scie prestement, fait sauter d'un coup sec mon bouton, le rattrape au vol, me le donne et dit plutôt attristé que sévère :

— Voilà comme il tenait, votre bouton !

MON PIED

Assis tous trois dans nos fauteuils de balcon, nous attendons le lever du rideau, sans songer à mal, quand la femme de mon ami pose un pied sur le mien.

C'est une faveur inattendue qui m'étonne plus qu'elle ne m'enorgueillit. Outre que je goûte peu cette façon de se caresser avec des souliers, je n'espérais rien de ma voisine.

Tant pis, je vais me retirer poliment. Mais elle pose son autre pied sur le mien.

Un et un, deux !

Je lève les yeux. Il ne me paraît pas qu'elle souffre d'un amour secret, longtemps contenu, et près d'éclater enfin. Calme, installée d'aplomb, les genoux joints, son programme déployé, elle se domine, si admirable que mon pied, engourdi sous le double poids des siens, tient bon.

— La première fois, me dis-je, qu'on me fait des avances, je reculerais !

Survient une ouvreuse prévenante qui apporte un petit banc pour Madame.

— Merci, lui dit la femme de mon ami, j'en ai déjà un.

LA VIE DES QUATRE BÂTONS DE CHAISE
I

Je porte seul et sans fatigue la jeune fille légère qui m'effleure comme les narines touchent une rose, l'élégant mince qui parle du bout des lèvres et dont le geste vole, et les gens pressés qui ne s'asseyent que d'une fesse. Je me tiens propre, car chaque matin la bonne n'essuie, et chaque semaine le frotteur ne fait reluire que moi.

II

Les odeurs des grandes personnes et le pipi des enfants s'écoulent par ma pente. L'ongle noir m'apporte en cachette et dépose au coin de mes arêtes ce qu'il gratte dans les cheveux, le nez, les gencives et l'oreille. Je décrotte les talons, j'écrase la mie de pain et l'épluchure, et quand on ne sait pas d'où vient le bruit, c'est moi qui craque.

III

Moi, j'arc-boute les grosses dames et les femmes grosses, les hommes ventrus comme des pelotes et les vieillards dormant, bouche ouverte, que la fièvre a chassés de leur lit. Ni la chair débordante, ni l'argent massif, ni la bêtise plus lourde encore ne me fléchissent. Je ne romps même pas sous la double charge de ceux qui s'aiment en équilibre comme les oiseaux sur les branches.

IV

J'ai toujours le pied levé, et je perds un à un les pouces de ma taille. On me cale, on s'imagine que je m'use par le bout, mais le mal invisible est dans moi. Les vers me rongent. Miné lentement, je me tasse comme les poitrinaires, et quand je tomberai en poudre, tout s'écroulera.

LA RENCONTRE

Je vais à mes affaires ; je marche sur le trottoir, rapidement.

Il va à ses affaires ; il arrive sur le trottoir, l'allure pressée.

Et nous nous heurtons soudain, nez à nez ; nous poussons un léger grognement d'excuse ou de mauvaise humeur et nous reculons avec un haut-le-corps, des oscillations.

Il oblique vers sa droite : précisément j'oblique vers ma gauche et nous sommes encore ventre contre ventre.

— Pardon ! dit-il.

— Pardon ! dis-je.

Il biaise à sa gauche ; je biaise à ma droite et de nouveau nos chapeaux se touchent.

— Allons, bon !

— Allons, bon !

Il revient au milieu. J'y suis déjà.

— Cédons-lui, pense-t-il, et il s'immobilise. Mais je m'imagine que si je ne fais aucun mouvement, il passera son chemin, et je ne bouge plus.

— Oh !

— Oh !

Nous nous regardons. Est-ce que ça se gâte ? Non. Il a une idée, que j'ai aussi : il pose ses mains sur mes épaules ; je lui prend la taille ; graves, soutenus l'un par l'autre, nous nous tournons doucement, nous pivotons à petits pas, jusqu'à ce que nous ayons changé de place, et nous nous sauvons, chacun de notre côté, à nos affaires.

AMIS INTIMES

Nous le sommes une fois par an, au plus, et cette amitié intime dure un quart d'heure à peine.

Il y a bien une année que je ne l'ai vu, quand soudain je le rencontre, n'importe où, sur le boulevard.

Il allait, comme moi, sans but. Il s'ennuie, moi aussi. Une poignée de mains nous accroche et nos cœurs communiquent.

Que de goûts et de dégoûts communs !

Nous détestons le théâtre, le monde et les journaux, et cette vie de fiévreux.

— On ne vit qu'à la campagne, dit-il.

— Oui, dis-je, au sens large du mot vivre.

— Avec deux cents francs par mois, dit-il, on peut y nourrir trois au quatre personnes.

— Quatre ou cinq.

Cependant il a des faiblesses pour Paris.

— Oui, tenez, en ce moment, dit-il, Paris me trouble. Oh ! je ne cède pas, mais je suis tenté. Toutes ces jolies petites bonnes femmes qui passent, à notre droite et à notre gauche, m'amollissent. Je voudrais être quelque chose dans la vie de chacune d'elles.

— Ah ! comme je vous ressemble ! Si l'une d'elles me faisait un signe, je la suivrais au bout du monde.

— Vous vous vantez.

— Hélas ! oui, nous nous vantons.

Ce n'était pas sérieux. Au fond, c'est un sage. Il n'envie personne et il ne désire rien de toutes ses forces.

— Sauf la liberté d'être paresseux ?

— Pas même.

— Avec de la fortune ?

— Non, non, dit-il : je travaille quand je veux et je gagne assez pour mon modeste ménage.

— Il n'y a que deux ménages comme ça, et ce sont les nôtres.

— Nous devrions, dit-il, nous voir plus souvent.

— Le plus souvent possible. À bientôt.

Oui. oui, il faut que je revoie cet homme demain, après-demain, quotidiennement, et que je ne le perde pas. Aucun homme n'est à ce point mon pareil. Il m'avait fait cette impression, comme tous les ans d'ailleurs, à notre dernière rencontre, due, comme celle-ci, au hasard.

Pourquoi ne l'ai-je pas suivi, et ne l'ai-je pas cherché ?

Et ne s'étonne-t-il point de nos longues indifférences ? Tout à l'heure, il n'avait que moi, je n'avais que lui. Brusquement on s'aimait d'une amitié exclusive, qui ne se prouve que par des passades, car je sens bien, dès que nous nous sommes quittés, qu'en voilà encore pour jusqu'à l'année prochaine.

TÊTES BRANLANTES

L'ÂGE SANS PITIÉ

— M'sieur, aller aux lieux ?

Notre professeur d'histoire, M. Guerbot, dur d'oreille, n'entendait pas ; mais il voyait le signe des doigts, le remuement des lèvres et comprenait.

— Allez, mon enfant, disait-il.

On pouvait lui poser des questions extraordinaires : « M'sieur, comment vous portez-vous ? M'sieur qu'arrivera-t-il ensuite ? » il ne refusait jamais :

— Allez, mon enfant, disait-il.

Or, l'esprit venait à nous manquer et nous étions las de rire, quand je résolus de m'illustrer par mon audace.

Veuf, M. Guerbot avait, nous le savions, une fille trop grande, maigre et pâle, toujours souffrante, point mariable, qu'il soignait maternellement, qu'il promenait chaque soir, après la classe, sur les plus larges trottoirs. Il lui vouait son humble vieillesse.

Je me levai à demi de mon banc, et je dis aux camarades :

— Eh ! les gars ! écoutez-moi ça.

Puis serrant les jambes comme pour contenir une grosse envie, je fis claquer mes doigts mouillés, et ferme, le feu aux joues pourtant, je demandai à M. Guerbot :

— M'sieur, coucher avec votre fille !

L'excellent père agita ses bras, branla sa tête, et me répondit d'une voix désolée :

— Attendez un peu ; il y a déjà quelqu'un.

L'OREILLE FINE

Monté sur une chaise pour attraper ma mouche bleue, j'accroche soudain la glace. Ses clous usés cèdent. Elle se renverse et pousse la pendule qui entraîne avec elle les chandeliers, le pot à tabac et les deux grands vases vides.

Tout s'écroule et se brise.

J'ai peut-être démoli la cheminée et je reste longtemps frappé de stupeur, comme si je regardais à mes pieds un tonnerre éclaté.

Le chien aboie dans la cour.

De la chambre voisine, grand-père, malade et couché, m'appelle :

— Il me semble, que j'ai entendu un bruit, petit ? qu'est-ce donc ?

— Rien, grand-père, dis-je sans savoir ce que je dis, j'ai laissé tomber mon porte-plume.

— Ton porte-plume, petit ! ton porte-plume !

Grand-père n'en revient pas ; il se soulève sur un coude, montre une bonne figure contente, et me tapotant la joue :

— Hein ! petit, moi qu'on croyait déjà sourd, comme j'ai encore l'oreille fine !

LA PHRASE

On se mouche, on tousse, on s'installe à l'aise au creux des bancs profonds, car Monsieur le curé va prêcher.

Il tousse aussi, se mouche et s'élance.

Les vieilles et les vieux ferment les yeux pour mieux entendre. L'école des filles et des garçons se tient sage, comme si elle écrivait une dictée, et les membres du conseil de fabrique se bouchent une oreille, celle de l'autre côté, qui ne sert à rien.

Monsieur le curé est dans ses bons jours. Ça marche. Il parle bien, possède tous ses moyens et les mots huilés roulent sans accrocs. Cette fois il se croit sûr de lui. Il s'abandonne, s'échauffe, et résolument commence sa grande et belle phrase, imitée de Bossuet, longuement préparée, qu'il n'a jamais pu finir.

Les fidèles inquiets l'attendaient là.

Tout de suite, ils sentent que Monsieur le curé peine, qu'il respire plus vite. Il courait sur une route plate ; maintenant il monte. D'abord douce, la côte devient raide, à pic. On croirait qu'un cheval souffle le vent de ses naseaux par l'église. Monsieur le curé tire et sue.

Grimpera-t-il jusque là-haut, Seigneur, ou s'arrêtera-t-il encore, au milieu de la phrase, rendu, vent debout, comme dimanche dernier ?

Les fidèles oppressés lèvent la tête. Ils regardent avec angoisse ses bras écartés, sa bouche ouverte. Ils se tendent vers lui ; ils offrent leurs épaules ; ils l'aident ; ils poussent.

PAPA PIERRE

La cheminée de sa maison n'est pas solide. Elle va tomber un jour ou l'autre. Déjà elle penche comme quelqu'un qui lève une jambe et la fumée sort à côté.

Souvent on dit :

— Rarrangez votre cheminée, papa Pierre ; un malheur arrive vite : elle vous tuera.

— Ne t'inquiète pas, mon enfant, répond papa Pierre.

Il ne craint rien pour lui. La cheminée le connaît.

Mais il reste toute la journée assis devant sa porte, sur le banc, et quand passe une bête ou une personne, il l'écarte doucement, avec un bâton.

LE VIEUX DANS SA VIGNE

Il la pioche, la pioche tout le jour, toute l'année. Il s'est rapetissé à la taille des échalas. Entre les ceps, il courbe son dos vêtu de poils roux que grille encore le soleil. Il met son nez dans l'aisselle de chaque feuille et regarde longuement pleurer l'écorce.

Les merles n'ont plus peur. Ils écoutent venir la pioche infatigable frappant les mauvaises herbes et l'évitent sans hâte, l'aile à peine ouverte.

Un instant, le vieux s'assied et mange son pain et ses oignons, l'œil fixé sur un raisin qui pousse près de lui. Il ne lève la tête que pour deviner s'il fera beau demain.

Il rentre à la maison si tard que sa femme est couchée. Quand il quitte le lit, elle dort toujours. Il ne la voit jamais : il l'oublie.

Il n'aime que sa vigne et, ma foi, c'est une bonne vigne, car malgré les gelées, la grêle qui tue, la pluie qui noie, l'insecte qui ronge, elle rapporte fidèlement au vieux des poires sauvages, de petites pêches aigres, des noisettes, des groseilles blanches ou rouges, et même quelques asperges.

LE MAÎTRE D'ÉCOLE

Dans la salle sans rideaux chauffée par un soleil d'août, le maître d'école commande soudain d'une voix terrible :

— Petits, dormez !

Lui-même donne l'exemple et fréquemment relève la tête pour

voir si tout le monde est couché.

— Veux-tu dormir, toi, là-bas ?

Les petits obéissent. Ils mettent un coude sur la table, posent le front au creux du coude, s'appliquent à fermer les yeux et provoquent le sommeil.

Une main s'agite encore. Une mouche pique une oreille. Un sabot tombe avec bruit. Enfin, immobilisés, les petits dorment.

Le maître d'école quitte alors, comme un loup, sa chaire et passe sous les nez en l'air une tabatière pleine de tabac à priser. Quelques-uns reniflent et s'emplissent seuls. Le maître d'école bourre les autres puis remonte dans sa chaire.

Et bientôt il s'amuse et rit beaucoup, beaucoup, parce que les petits, réveillés, éternuent si vite qu'il n'a pas le temps de crier à chacun d'eux :

— Dieu te bénisse, petit, Dieu te bénisse !

ÉLOI, HOMME DE PLUME

LE MAUVAIS LIVRE

Éloi pose sur la table le nouveau livre, s'assied, s'installe, et vibrant déjà de l'émotion prochaine, ses pouces dans ses oreilles, il commence la lecture.

Aux premières lignes, il donne des signes d'énervement.

D'abord, (il s'y connaît), l'auteur écrit comme un sanglier. Puis tout va mal. Dès le quatrième chapitre, les personnages sentent la mort. La brume des milieux est impénétrable, le décor d'occasion, et le nœud se défait, à chaque instant, comme une cravate.

— Non, tu n'y es pas, mon pauvre ami, dit Éloi ; tu nous écœures.

Il se penche en arrière, tambourine, sifflote, agite son crayon rouge, barre les pages de traits brusques qui sont comme les éclairs de sa fureur.

Mais quand rate même la grande scène qu'il attendait et qu'eût réussie le dernier venu, Éloi n'y tient plus.

— Assez, s'écrie-t-il, tu n'y entends rien ; ôte-toi de là !

Il ferme le volume, le repousse, prend une plume, du papier, et se substituant à l'inhabile auteur, il écrit fiévreusement le reste du mauvais livre.

LE REPAS RIDICULE

On a décoré la salle de peintures animées et réuni, non sans frais, sur la table, dans une élégante jardinière, toutes les fleurs du style.

Les salières sont pleines de poivre littéraire et de sel attique. Nous mangeons du pain des forts à discrétion et l'eau de roche mêle sa clarté bien française à la couleur locale du vin.

On nous sert d'abord un plat où tremble la moelle des maîtres, ensuite un plat de nerf, sauce verte, ensuite une langue affilée de vache espagnole, puis un entremets composé du suc nourricier extrait des grands chefs-d'œuvre.

Buvant sec, francs et gais, nous rions, au choix, les uns du rire de Molière, les autres du rire de Rabelais. Quelqu'un cite deux ou trois mots latins de bonne cuisine.

Mais Éloi regarde ses voisins avec défiance. Prudemment, le geste contenu et l'attitude rectifiée, il soigne ses phrases, afin que, s'il les retrouve plus tard dans les mémoires du temps, elles ajoutent à sa gloire.

Il y a peut-être un Goncourt parmi nous !

NATURALISME

D'abord Éloi documente avec rage. Ses amis le fournissent sans le savoir. Ne changez pas de chemise devant lui, vous retrouveriez votre torse et le relief exagéré de vos omoplates, huit jours après, au milieu d'un conte. Surtout ne le laissez jamais seul dans votre chambre en désordre. Il ramasse les bouts de cigares, les queues d'allumettes ; il recueille les cheveux oubliés sur l'oreiller, les poils de barbe.

Ah ! une fausse dent ! quelle perle !

Il examine les peignes, les brosses, la culotte pendue, la savate morte. Il étudie l'urine et compte les jets de salive. Il fait un tas des pièces de prix transportables et les noue dans son mouchoir en disant :

— Tout mon bonhomme est là. Je le tiens.

LE PLAGIAIRE

Éloi court chez son confrère et lui crie :

— Monsieur, vous êtes un plagiaire ; vous m'avez pillé : vous m'avez pris mon nez. Je possédais un nez pour moi seul, et j'y tenais beaucoup. J'étais né avec ce nez. Authentique, il me venait de mes parents. Bien qu'il n'eût rien d'extraordinaire, je le montrais en public, non sans fierté, et le suivais partout. Mon nez n'était pas gros, pas petit, pas grand, pas court, pas renflé, pas plat, mais enfin il était creux et, docile, il me servait à me moucher, à sentir, à éternuer, selon mes petits besoins. Je le croyais mien et je jugeais inutile d'y passer un anneau avec cette étiquette :

Reproduction interdite ; la propriété du nez est une propriété.

Je ris, Monsieur, et n'en ai pas envie. Comme on s'abuse ! Ce matin, je l'emmène à notre promenade quotidienne, et qu'est-ce que je vois ? Je le vois, lui, mon nez au milieu de votre figure. Ne niez pas. Votre nez, c'est le mien. Regardez dans la glace !

En effet, les deux nez se mirent, bout à bout, pareils et copiés l'un sur l'autre, juxtalinéairement.

Le confrère paraît désolé. Il s'excuse, se gratte « son » nez et dit à Éloi :

— Nous pouvons nous arranger.

Et se reculant, il lui lance de toute sa vigueur un coup de poing sur le nez. Éloi y porte la main, et tandis qu'il tâte les débris sanglants, son confrère ajoute, doux et poli :

— Désormais, Monsieur J'espère qu'on ne les confondra plus.

LES ACCESSOIRES DU PSYCHOLOGUE

Éloi vient d'acheter pour son prochain livre, où il parlera sûrement de l'inattendu, de l'irrésistible amour :

1º Une lampe rose dont il décrira les dessous.

2º Une boîte de cicatrices ineffacées, une de poudre d'Infini propre à combattre les migraines, une autre de fibres secrètes, une autre de cordes intimes, une autre de poisons âcres distillés par le démon de la jalousie, une autre qui renferme toutes les nuances subtiles et tous les arômes des feuilles et des fleurs.

3º Une pendule marquant la fuite si lente et pourtant si rapide des heures.

4º Un album de photographies dont l'émail est garanti. On peut les baiser.

5º Un cornet de confetti. Sur les blancs est écrit le mot *cœur*, sur les rouges le mot *âme*. On les jette çà et là, partout, et on gagne du temps.

6º Un piano pour interpréter les maîtres.

7º La tapisserie de ces dames, si touchées par la vie, insolubles énigmes, douées de presciences dont notre scepticisme sourit, qui pensent sans parler, et sentent tout haut.

8º De quoi écrire leurs brouillons qu'elles déchirent et leurs billets pleins de puérilités sublimes.

9º Des palmes vertes qui s'inclinent quand il vente, avec un stock de plantes pour les comparaisons : « telle une plante aux racines vivaces… »

10º Une pile électrique, afin que le bonheur de Juliette qu'aime Roméo (ah ! qu'il l'aime donc, lui qui aime tant à aimer !) projette autour d'eux de mystérieux rayonnements.

11º Des titres au porteur afin qu'Elle et Lui aient toujours chacun cinquante mille francs de rentes.

12º Un calendrier nouveau système, d'après lequel trente ans en paraissent à peine dix-huit.

13º Un chemin de croix, un calvaire à pente douce, et un prie-Dieu pour martyrs. Seigneur, qu'elle va prier, cette nuit-là, dans sa félicité douloureuse !

14º Les statuettes de Gœthe et de Napoléon, indispensables, celui-ci dès que l'action s'engage, celui-là dès qu'elle se ralentit.

15º Une chaude couverture dont il enveloppera, pour le préserver du froid, son beau talent d'une sensibilité si suraiguë.

POURPRE CARDINALICE

Éloi, qui est un souscripteur professionnel, reçoit son exemplaire du *Latin mystique*, par M. Rémy de Gourmont. Il l'a demandé sur *japon pourpre cardinalice*. Il rouvre et brusquement ferme les paupières, comme s'il avait levé le couvercle d'un poêle.

— Je m'y prends mal, dit-il.

Il risque un œil, avec précaution, puis l'autre du côté de l'incendie.

— Que c'est beau ! mais je n'y vois que du feu.

En vain il tâche, imitant les balancés d'un cavalier seul, de se mettre au point. Il lui faudrait un système compliqué de poulies et de ficelles. Il sonne son domestique et lui pose le livre sur la poitrine.

— Jean, dit-il, reculez pas à pas, doucement, moins vite encore ! là ! bien. Halte ! que personne ne bouge !

Il fait jouer des rideaux et organise la lumière favorable.

Jean, raide, bombé, supporte le précieux fardeau et détourne un peu la tête, car d'ordinaire la chaleur l'incommode.

Cependant, Éloi s'exerce à fixer le *Latin mystique*, le brave, le dompte enfin, et, plein de ferveur, les genoux fléchis, les lèvres remuantes, il ne le lit pas, il le prie !

LE SYMBOLISTE EXASPÉRÉ

Peu importe, lecteur, que tu ne comprennes point Éloi devenu tout à coup symboliste. Il n'a aucune sorte d'estime pour toi. Si tu lui dis : « Je ne comprends pas ! » ses mains se frottent d'elles-mêmes, et s'il lui arrive de se comprendre, il n'est plus fier. C'est pourquoi il veut, infatigable, toujours aller à l'obscur, vers du plus obscur encore. Aveugle, il jetterait, la nuit, sur un tableau noir, les lettres retournées de mots sans suite.

Or, il surprend sa gentille amie en larmes.

— Oui, dit-elle, il faut que je t'ouvre mon cœur. J'ai trop de chagrin. Je lis tout ce que tu fais. Je le relis en cachette, mon petit Larousse sur mes genoux. Va, je travaille ; souvent ma tête éclate. Et je peine vainement. Impossible de traduire une ligne. Je suis donc bien bête ! j'en crierais ; je serais si heureuse de deviner quelquefois. Je t'aime tant !

Elle pleure comme une source pure.

Éloi lui baise les mains, et, presque vaincu, appuie son front sur l'épaule de son amie, mais pour le relever soudain, avec orgueil et défi.

Il mourra avant d'oublier cette minute où il faillit, à cause de sa gentille amie, perdre, d'un coup, tout le talent qu'il a de ne pas écrire en français.

LE DISCIPLE

Éloi lit maintenant les *Histoires extraordinaires* d'Edgar Poe, et il admire, non sans stupeur, la méthode analytique si « absurdement simple » d'Auguste Dupin.

Voilà l'homme qu'il voudrait être !

Tout de suite il ferme le livre et sort, par ce temps froid. Il dévisage les gens et s'étonne qu'ils n'aient point pour lui une « fenêtre ouverte à l'endroit du cœur ».

Comme il rencontre son ami Martel :

— Bonjour, dit-il, quoi de neuf ?

— Rien, répond Martel.

— Comment, rien ?

— Non. Au revoir, je suis pressé.

Et Martel s'éloigne rapidement.

— Tiens, se demande Éloi qui déjà flaire une piste, qu'a donc mon vieil ami ? Il évite mes regards et se dérobe à mes questions. Pourquoi est-il si pressé ? Observez-le : il ne marche pas, il fuit et se faufile. Il garde relevé le col de son pardessus, comme s'il avait perdu sa cravate, arrachée d'un violent effort, dans une lutte. Et il cache ses mains au creux de ses poches, comme des mains tachées !

Mais il disparaît. Je ne le vois plus. Il a dû gagner quelque ruelle ignoble.

Et, un peu pâle, Éloi, immobile sur le trottoir, s'écrie en se frappant le front :

— Je parie que ce bougre-là vient d'assassiner quelqu'un !

ÉLOI, HOMME DU MONDE

LE TÉMOIN PRÉCAUTIONNEUX

Certes, le rôle des témoins dans un duel est délicat. Ils peuvent même pécher par excès d'intelligence. Martel, le « client » d'Éloi (on appelle client toute personne qui confie ses intérêts à un homme d'affaires, quelles qu'elles soient), avait choisi le pistolet. Il voulait tuer raide et vite, sans façons, sans exécuter ces vains gestes qui rendent le jeu de l'épée si ridicule. Or, sur le terrain, Éloi s'aperçut que Martel pâlissait. Il y a des pâleurs intéressantes, mais celle de Martel déshonorait Éloi : c'était plutôt une verdure. Humilié, Éloi lui dit à l'oreille :

— Bête ! ne crains rien. Les pistolets sont chargés avec des bouchons !

Aussitôt les sombres neiges du visage de Martel fondirent. Il se campa, crâne, face au danger, poitrine découverte, et Éloi se félicitait de son stratagème inoffensif.

Au commandement de « feu ! » Martel, dont on admirait la belle tenue, dédaigna de tirer. Il abaissa son arme le long de sa cuisse, et brave, une fois pour toutes, jusqu'à l'insolence, il marcha sur son adversaire, en se dandinant, comme un homme que ça connaît.

Et quand il fut assez près, Martel reçut la balle dans le cou : ici, tenez, là, mettez votre doigt.

LE GRINCHEUX

Le lecteur. — Sincèrement, je goûte beaucoup votre dernier conte. Quel dommage qu'on en trouve déjà l'idée dans Voltaire !

Éloi. — Puisque Voltaire eut cette idée, pourquoi ne l'aurais-je pas à mon tour ? Une idée peut venir au monde aussi bien deux fois qu'une.

Le lecteur. — Vous dites vrai. Qu'importe le sujet à qui soigne son style, et, précisément, le vôtre m'a paru… Je me trompe sans doute ; mais quand on écrit, ça fatigue. Il faut se reposer.

ÉLOI. — Asseyez-vous, vous-même, gentil lecteur. Qui vous demande votre avis ? Prenez donc l'habitude d'attendre qu'on vous interroge. Sinon, comme les choses agréables seules me sont agréables, n'ouvrez la bouche que pour me complimenter, ou taisez-vous.

LE LECTEUR. — Ami, vous raisonnez juste et parlez net. J'aime votre franchise et vous savez que votre couvert est toujours mis chez moi.

ÉLOI. — Voilà une banalité que je n'entends pas. On fixe une date.

LE LECTEUR. — Je vous prie donc à dîner pour demain soir : nous mangerons en famille, sans cérémonie, la soupe et le bœuf.

ÉLOI. — Ne vous gênez point, Monsieur. Le bœuf me reste entre les dents. La soupe fait boule dans mon ventre. Je n'aime que les bons dîners. Les cérémonies m'honorent, et nous n'avons jamais gardé les cochons ensemble. Au revoir.

L'AMATEUR DE CLICHÉS

Éloi fait une visite. Il entre à pas discrets, trouve Madame seule, assise au coin du feu, lui touche le bout des doigts, s'assied et dit, son chapeau sur ses genoux :

— Voici l'hiver, chère Madame.

— En vérité, dit-elle, je ne peux déjà plus me passer de feu.

— Vous brûlez du bois, chère Madame ?

— Oui, le bois est moins économique que le charbon, mais il n'entête pas.

— Vous avez raison, chère Madame.

— Et puis j'aime tant la clarté du feu !

— Comme moi, chère Madame.

— Je resterais là des jours. Je pense ; je pense beaucoup.

— Moi aussi, chère Madame.

— Je n'ai même plus le courage de lire. À quoi bon ? Je regarde ces flammes. J'y vois toutes sortes de choses, des châteaux qui s'écroulent, des animaux vivants, de petites multitudes. Peut-être suis-je une originale, une femme différente des autres, mais, vous me croirez si vous voulez, mon cher ami, positivement, moi je lis dans le feu. Comprenez-vous ? je-lis-dans-le-feu !

— Rien ne m'étonne de votre part, dit Éloi, et pourtant celle-là est bien bonne.

Il se lève ; il a fini ; il va, par d'autres salons, en écouter de meilleures encore.

LA LOUPE

Ce soir, Éloi est allé dans le monde. Il se promène sous les lustres, salue quelques invités et trouve enfin le sujet qu'il cherchait pour son expérience : il retient longuement dans sa main la main d'une femme.

— Quelle peau fine vous avez, chère Madame ! vous devez en être fière, dit-il.

À ces mots, il tire de sa poche une loupe :

— Regardez plutôt.

Le verre appliqué, on voit des ornières profondes, des grains pareils aux pierres de la route, des veines navigables, des poils oubliés comme de mauvaises herbes, de sombres taches ici, là un point qui bouge, une petite bête sans doute, et partout des horreurs.

Éloi se garde de faire une réflexion blessante.

Il ne dit rien. Il remet la loupe dans sa poche, presse une dernière fois cette main de femme, discrètement, et s'éloigne.

PROGRAMME D'ÉLOI EN SOCIÉTÉ

I

Défier les complimenteurs ; les écouter sans leur venir en aide ; compter mentalement jusqu'à trente pour leur donner le temps de barboter dans les louanges ; tourner le dos.

II

Sourire aux dames, et, dès qu'elles sourient, ne plus sourire. Ensuite, éclater de rire.

III

De préférence, cultiver les vieux des vieux, ceux dont les ongles même ne poussent plus.

IV

Expliquer, inlassable, pourquoi on ne fume pas, on ne boit pas, on n'a pas de défaut. Démontrer que ce n'est point par genre.

V

Devant les portraits de famille, mâcher patiemment le mot qui fera balle dans la vanité des maîtres… Ne pouvoir jamais s'enthousiasmer qu'à blanc.

VI

L'album offert, s'avouer imbécile, ce soir, ou sucer avec force l'esprit qu'on peut avoir au bout des ongles.

VII

Dire, soudain mélancolique : « Je sais que la vie est une noisette creuse ! » — Aussitôt, taper dessus, à grands coups de marteau d'enclume, pour voir, quand même.

VIII

Crier : « vive l'art libre ! » — et le faire danser comme un ours.

IX

Traiter les gens d'artistes en s'excusant.

X

Conter des histoires porcines, si discrètement qu'on pourrait les entendre à l'église.

XI

Regarder sa montre d'un air d'homme préoccupé, et même la remonter, d'un air d'homme de génie qui va se mettre au lit.

XII

S'en aller, mais habile, se brouiller avec ses hôtes, pour n'avoir rien à leur rendre. Mieux : n'être pas venu.

D'ÉLOI À MARTEL SUR L'AMITIÉ

Mon ami, soyons raisonnables. Hier, vous me plaisiez, je vous plaisais et nous tirions profit également l'un de l'autre, sans compter les petits cadeaux : vous en receviez cinq, moi six ; nous ne nous devions rien.

Que dure l'amitié ? peu importe. Toute la vie ? Ah ! non, c'est bon pour l'amour.

Trop chaude, elle tourne vite : Déjà nous ne savons plus quoi nous offrir. J'ai vu le fond de votre esprit et vous connaissez par cœur mon cœur. Quand votre main habituelle se pose sur ma main, je ne la sens plus.

Ne dites point, haussant la voix, levant les bras : « Quel misérable ! je ne le croyais pas comme ça ! »

Ingrat ! du calme ! Nous sommes au bout de la route commune. Voici votre chemin : là-bas, un ami frais vous attend.

Moi, je vais de ce côté, droit à l'étranger sympathique qui me fait signe. J'ai besoin d'être flatté encore et de flatter sans contrainte. Vous aussi, je vous assure.

Il faut que nos sensibilités aigries changent d'air.

Prenons le sage engagement de ne plus penser l'un à l'autre, et, las d'être amis, quittons-nous bons amis.

ÉLOI AU THÉÂTRE

Cette pièce, qui n'a pas eu de succès, me charme. Dans la salle, presque personne. Nous aurions l'air d'être entre intimes, si tous ces fauteuils vides ne nous séparaient. C'est une pièce que j'aime entendre, accoudé sur le bras du fauteuil voisin. Je passe une bonne soirée de rêverie, et par discrétion je ne veux pas dire à quelle pièce, puisqu'elle n'a point de succès.

Voilà une autre pièce, excellente. L'auteur est un bon ouvrier. Il a bien choisi son sujet qu'il traite avec adresse et abondance. Il y a mis de tout, de l'intérêt, de l'action, de l'émotion, de la passion, de l'esprit de théâtre, une espèce de gros talent que je ne peux pas nier. D'ailleurs ça marche, c'est un succès ; le public viendra. J'étais moi-même favorablement disposé : je ne connais pas l'auteur, je ne suis pas jaloux, et pourtant voilà une pièce qui ne m'a fait aucun plaisir.

Que lui manque-t-il ?

Je chercherais si, dehors, je pouvais penser un quart d'heure à cette excellente pièce.

On est quelquefois tenté de récrire un drame comme « La Tour de Nesle ». Pourquoi faire ? Je ne crois pas au drame de « La Tour de Nesle » et il m'intéresse. Je ne crois pas à son style et il m'amuse. Ces deux éléments de curiosité sont nécessaires. Changer l'un d'eux, ce serait mettre du vrai sur du faux. Ce qui est tout à fait faux me semble préférable à ce qui n'est qu'à demi vrai. La vérité au théâtre a moins de prix que l'unité de ton. Buridan ne peut pas me dire que j'ai un stylet à la main droite, des veines au poignet gauche, et du sang dans ces veines, comme il me dirait : voici une plume et de l'encre rouge, écrivez !

C'est heureux que l'artiste ne se demande jamais pour qui il travaille.

Si chaque soir, sur chaque scène, l'auteur joué regardait une à une, par le petit œil du rideau, les gueules de ce qu'on appelle une belle salle, le théâtre n'aurait pas un an à vivre.

Ne nous plaignons pas : nous avons déjà plus d'un auteur dramatique qui donnerait son nom au XXe siècle, si ce siècle, quoique jeune encore, se dépêchait de mourir demain.

Le théâtre X... refuse du monde, oui, mais il en refuse trop.

— Mademoiselle, c'est très bien comme ceci, pourtant j'aimerais mieux...

— Ah !

— Voulez-vous essayer comme ça ?

— Comme ça ?

— Oui.

— Je ne le sens pas comme ça.

— Ça ne fait rien, je préfère.

— Bon, bon ! vous n'avez qu'à, demander, je voyais comme ceci, mais vous êtes l'auteur. Vous préférez comme ça, je jouerai comme ça, moi ; comme ceci, c'était mieux, mais comme ça c'est bien plus facile.

Les grands artistes sont insupportables, mais comme les petits ne le sont pas moins…

— Vous avez été admirable !

— Penh ! ce rôle-là, c'est le pont aux ânes.

— Tout de même, vous le jouez bien.

— Sérieusement, ça vous plaît ? Dites-moi la vérité !…

— Très gentil, le public, ce soir.

— Oui, d'une indulgence !

Deux, trois, quatre rappels ! Le rideau se baisse et se relève comme une chemise, si complaisamment que toute la salle a l'air de s'éventer.

Quel triomphe ! C'est à cent coudées au-dessus de sa dernière pièce, ce qui la met à cinq cents pieds sous terre.

Gros succès d'argent. Le directeur a dit à la buraliste : « Ma pauvre amie ! vous n'avez même plus le temps d'aller faire pipi. »

Chaque dimanche, à deux heures, au jardin d'acclimatation, grande matinée populaire par toute la troupe des singes.

« Irrévocablement. « Tout petit, j'étais plein de respect pour ce magnifique adverbe. J'ai appris, au théâtre, à le mépriser.

Le public n'écoute pas une tirade, mais il a le sens de sa durée, et c'est presque toujours juste à la fin que ses applaudissements partent. Le bon acteur sait l'avertir par un geste, un éclat de voix ou quelques syllabes moribondes. Il faut qu'il ait besoin de souffler au moment précis où nos mains prennent leur essor. Avec un peu de complaisance réciproque, le coup ne peut pas ne pas réussir.

Un auteur qui débute voudrait finir son petit acte par un mot à effet, mais par quel mot ?

— Mettez m… ! lui conseille le directeur, ça relève une pièce.

Oh ! oh ! voilà une scène originale, quoique moderne : on n'y téléphone pas.

Le public rit mal ce soir. Il essaie de rire parce qu'il est là pour rire, mais il use son rire comme une boîte d'allumettes dont pas une ne prend.

Bien qu'il s'en défende et qu'il se croie un cuisinier, l'auteur dramatique est un homme de lettres.

Malgré tout, il ne faut pas être trop sévère pour le théâtre. L'ennui même y est moins ennuyeux qu'ailleurs.

ÉLOI, HOMME DES CHAMPS

LE DÉCOR NÉCESSAIRE

S'il est gai, Éloi évite, comme des offenses, les visages tristes. Il recherche les braves gens, les bonnes bêtes, les fleurs, le plein soleil de midi.

Mais triste, il exige le décor qui correspond à sa tristesse.

Or Éloi s'est levé ce matin du mauvais côté. Son visage se tache d'une ombre légère, tel un plafond quand la lampe file. Il ne peut rester à la maison ; il sort en négligé, nu-tête, les cheveux mêlés.

L'hiver fort heureusement commence. Le vent s'entraîne pour les tempêtes futures. Les arbres muent à propos, perdent leurs pellicules rouillées.

Tout va bien.

La mélancolie d'Éloi augmente.

Il s'écarte de la route, où le croiseraient des hommes heureux, entre dans un champ couleur de chair morte, et, seul, remercie la nature complaisante qui se désole avec lui. Elle le comble encore, et voici qu'une pluie opportune, pénétrante, glaçante, se met à tomber.

Éloi est presque absolument triste. En vérité, peu s'en faut.

Il n'attend plus que le corbeau noir au vol lourd qui *doit* passer à l'heure et jeter dans l'air un cri rauque.

LE GESTE DU SEMEUR

Éloi goûte de plus en plus la campagne et recherche chaque jour une nouvelle émotion. Levé ce matin de bonne heure, il aperçoit le paysan Jaquot qui ensemence le labour des Mâgnes. Il le joint et lui dit :

— Jaquot, l'occasion est favorable ; faites-moi le geste auguste du semeur.

— Plaît-il ?

— Je veux voir le fameux geste du semeur que si souvent ont peint nos grands peintres et décrit nos meilleurs poètes. Allez, faites ! Ne saisissez-vous pas ? Je vous prie de me montrer comment vous semez quand vous semez.

— Voilà, dit Jacquot.

— Non, mon pauvre ami, s'écrie Éloi, ce n'est pas ça ! Vous avez l'air de donner timidement à manger aux poules. Ne craignez rien. Je ne vous veux aucun mal. Supposez-vous seul et recommençons. D'abord, vous vous placez à tort face au bois sombre. Tournez-vous plutôt vers la lumière. Découpez-vous sur l'horizon. Ensuite, plongez avec lenteur la main dans votre tablier, retirez-la pleine de blé, lancez à toute volée les grains fécondants, et que votre geste libre semble parcourir l'immense nature, tel qu'un oiseau lâché. Attention, une ! deux !…

Mais, Jaquot, pourquoi me regardez-vous comme un hébété ?

LA GERBE

Éloi voit, au milieu d'un champ, le mauvais fermier qui chasse durement une pauvre femme. Il s'approche et demande ce qu'elle a fait.

— La vieille ne se gêne pas, dit le fermier ; pour glaner plus vite, elle vole des épis dans mes gerbes.

— N'est-ce que cela ? dit Éloi ; voici cinq francs : donnez-moi une de vos gerbes.

Le fermier interloqué tarde à répondre, tourne la pièce et dit :

— Vous voulez rire !

Mais déjà Éloi s'est emparé de la gerbe. Il la délie. Il prend une brassée d'épis et la jette au loin. Il en porte une seconde ailleurs et la secoue. Il revient et continue avec hâte d'écarter la gerbe.

Puis, quand il l'a répandue tout entière par le champ moissonné, il pousse du bout du doigt la pauvre femme :

— Maintenant, glanez, lui dit-il.

LE SORCIER

— Faut-il croire mes yeux ? murmure Éloi frissonnant.

Il les a collés contre la vitre unique d'une petite fenêtre dont les trois autres carreaux sont en papier. Au milieu de son habituelle promenade nocturne, il se trouve arrêté devant la plus pauvre maison du village, et il voit par cette vitre des choses effrayantes.

Un vieil homme misérable, assis au coin de sa cheminée, active le feu, et pousse sous une marmite des fagots volés. Le foyer seul éclaire la chambre. Le vieil homme au visage incendié lève le couvercle de la marmite. Elle est pleine de crapauds. Il en prend un, le tâte et le laisse retomber. Une vapeur noire monte d'un jet et se développe selon la forme des murs nus. D'un sac éventré, d'autres crapauds ont roulé sur le sol battu, aux pieds du vieux. Ils attendent leur tour.

— C'est peut-être le dernier du siècle, pense Éloi ; mais c'est un sorcier. Observons ses pratiques.

De nouveau le vieil homme lève le couvercle, saisit un crapaud, le palpe et cette fois le garde. Mais le crapaud se débat entre les doigts, saute d'une main dans l'autre et tente, pour fuir, des bonds suprêmes.

Le sorcier adroit le rattrape, puis gonflant et dégonflant alternativement les joues, il souffle une tempête, phû ! phû ! sur le crapaud bientôt dompté, mort.

Ensuite il le pèle et le mange, comme une pomme de terre.

MOTS D'ÉLOI TOUCHANT LA NEIGE

I. Encore de la neige ! Je viens trop tard. Tout a été dit depuis qu'il tombe de la neige, — *et qui pensent.*

II. Ça fait mal aux yeux de regarder la neige comme de regarder le soleil. Mais le soleil change la neige en boue et la neige ne peut rien contre le soleil.

III. J'ouvre ma fenêtre et il me semble que la neige couvre la terre entière. Voilà qui donne une belle idée du ciel d'où elle tombe.

IV. On vante sa blancheur. Est-elle donc si blanche ! Je voudrais la voir au printemps, quand les pommiers sont en fleurs.

V. Et que font nos oiseaux ? Ils ne chantent plus. Toujours les mêmes ! Quand on aurait plaisir à les entendre, cherche !

VI. Seuls, le dos voûté, les jambes fléchies, quelques rares animaux se hâtent par les rues. On dirait des ours blancs. Ils se secouent : c'est vous ou moi.

VII. Sorti nu-tête, je reste un moment immobile sous la neige et à mesure que mes cheveux blanchissent je me sens vieillir de corps, de cœur et d'esprit. J'ai peur et je rentre.

VIII. Assez. La neige m'ennuie. Si elle ne tombait pas, je l'insulterais.

P. S.

I

Depuis quelque temps, certains hommes de lettres sont d'une vertu farouche en politique.

Il ne paraît pas encore qu'ils souffrent de leurs mœurs littéraires.

II

La vie privée d'un autre ne nous regarde pas ! Pourquoi ? Ce monsieur nous fait de la morale, voyons d'abord si ce n'est pas une fripouille.

III

Enfin voilà un causeur original ! Je l'ai, de mes oreilles, entendu dire : « Il n'y a rien de relatif, tout est absolu. »

IV

J'ai acheté votre livre trois francs et je l'ai lu. Vous me redevez trois francs.

V

Notre neurasthénie, c'est de la misanthropie. Servons-nous au moins de mots qui nous fassent honneur.

VI

La rosserie n'enrichit pas, on y est toujours de sa poche à fiel.

ÉLOI.

ISBN : 978-3-96787-640-6